ツレが子どもにかえる日々

認知症の妻とのあらたな恋の物語

門池　紘一郎
Kadoike Koichiro

文芸社

目次

はじめに

2022年8月12日（金）深夜、妻が急に苦しみだし、救急車で病院へ搬送した。重症の心筋梗塞で、緊急の心臓血管バイパス手術が必要になった。しかし、土日と重なり、なんとか救命しながら、週明けを待つことになった。この週は新型コロナ第7波のピークと重なる時期でもあった。

手術は8月16日（火）に行われた。6時間におよぶ手術を、妻はなんとか乗り越えた。幸い新型コロナの感染はなかったが、手術後、集中治療室で40日間におよぶ治療が必要であった。また、この入院中に糖尿病であることが判明し、さらに退院後、認知症であることが表面化した。

当時、私も妻も80歳。それまでの生活は、食事をはじめ家事一切を妻に頼る生活であった。それが一挙に逆転した。妻の介護をどうするか、食事をどうするか、家事をどうするか、右往左往しながら二人の生活がはじまった。娘に助けてもらって、なんとかその日その日の積み重ねで暮らしてきた。失敗はたくさんあった。失敗から学ぶこともたくさんあった。

いつの間にか2年の歳月が過ぎた。この記録は二人の生活を、折々の「会話メモ」をもとに書き起こしたものである。

書き起こしたのは、私の姉、義妹など遠隔地に住んでいる人たちに、私たち二人がどのように暮らしているかを伝えるためであった。電話で問われても大まかなことを伝えるのが精一杯で、「思い」までは伝えられないので。

第1話を書いて送ったところ、「どんな生活をしているのかよく分かった」、「頑張り過ぎないで」と反応が返って来た。

調子に乗ってケアマネージャー、お世話になっている市の北部地域包括支援センター、デイケアセンターの所長さんにも読んでいただいた。デイケアセンターの所長さんからは、「職員にも読ませたい」とうれしい言葉もいただいた。

友人や、友人たちとのグループネットにも「近況報告」として送った。たくさんの感想や励ましをいただいた。

ケアマネージャーや、市の北部地域包括支援センターから「続編」をと求められ、その言葉に乗せられて第2話を書き、さらに第3話、第4話、第5話と書き重ねてきた。

書き重ねることで思いをはき出し、読んでいただくことでその思いを受け止めていただき、感想や励ましの言葉をいただくことで心が温かくなった。この記録がいつの間にか私の心のバランス、心の健康を保つためになくてはならないものになっていること、さらに私だけでなく、私と妻の二人の生活にとってもなくてはならないものになっていることに気がついた2年間でもあった。

ホップ・ステップ・ジャンプ
（２０２２年８月12日〜２０２２年９月25日）

ホップ（緊急入院〜心臓血管バイパス手術）

２０２２年８月12日（金）深夜、妻が急に苦しみだした。胸をかきむしるようにしてもがき苦しむ。救急車をと思うが、初めてのことなのでうろたえた。ちょうど我が家に来ていた息子が判断して、１１９番通報してくれた。７〜８分後に救急車が到着、そのまま救急車で大学病院へ。１１９番通報から大学病院のストレッチャーに乗せるまで多分20分はかからなかったと思う。

妻を乗せたストレッチャーが走り去った後、救急搬入口に一人取り残された。誰もいない廊下のベンチに呆然と座って待った。どれくらい時間が経ったのか、当直医が話しかけてくれる声で我に返った。

「急性心筋梗塞です。状況はきわめて悪い。心臓の冠状動脈の全てが詰まっている。カテーテル手術では対応できない。心臓血管バイパス手術を可及的速やかにする必要がある。肺に水がたまっているので、今はその水抜きをしている。今日は土曜日、土日は手術ができない。月曜日に心臓血管外科の専門医と心臓血管バイパス手術を検討する」、さらに「手術の成功率は6割~7割程度」と告げられ、その場で何枚もの手術同意関係の書類に言われるままにサインした。

新型コロナの第7波がピーク時だったので、肺に水と聞いて新型コロナはどうなのかとかろうじて聞いた。答えは「新型コロナ疑い扱い」ということであった。

翌々日の月曜日に呼び出しがあり、心臓血管外科の教授から心臓血管バイパス手術の説明を受けた。「3本ある心臓の冠状動脈の入口が全て詰まっている。血管の再生はできない。代わりの血管を胸と左大腿部から切り取って取り替える」とのこと。大変な手術である。手術は翌日と決まった。新型コロナには感染していないと言われ、それだけが救いのように思えた。

火曜日10時、妻が廊下を手術室へ運ばれるとき、ちらっと会わせてもらえるというので、娘と孫娘と私の3人で待っていたが、看護師が私たちへの声かけを忘れたため、会えなかった。

ながい長い時間がゆっくりと過ぎていった。

午後4時過ぎ、診察室に呼ばれて、執刀していただいた教授の「成功しました」と簡潔で力強い声を聞いた。安堵感がどっと押し寄せてきた。

それからの数日間、病院からは何の連絡もなかった。新型コロナ第7波がピークのうえ、集中治療室に入っている妻との面会は不可能で、手術後の経過は何も分からない。何も連絡がないのは生きている証拠だと、自分に言い聞かせて待った。6日目だったと思うが、看護師から「歯ブラシ・ティッシュなど身の回りのものを持ってきてください」という電話を受けた。回復途上にあるらしいことが分かってほっとした。

その後の回復は順調で、2週間後には歩行器を使ってリハビリを始めたという連絡を受けた。また代わり腹帯を持って行ったときに、集中治療室とつないだモニターでの面会もできた。妻は酸素マスクをしていて声は出せなかったが、励ましの声は届けられたと思う。

ステップ（糖尿病）

入院は40日におよび、退院日は9月20日と決まった。退院の前日に、退院後のケアについて説明をするので、心臓血管外科ではなく腎代謝内科へ16時に来てくれと連絡を受けた。

当日、腎代謝内科で糖尿病であると告げられた。血糖値の測定方法とインスリン注射の打ち方について、看護師から1時間半ほど説明と講習を受けた。インスリンの投与が必要なほどの糖尿病であることを初めて知った（知らされた）。

退院した妻は寝たきりではなく、伝い歩きで何とかトイレに行けること、食事も食卓で食べることができることが分かった。しばらくはベッド中心の介護生活を覚悟していたが、驚くべき回復力であった。

ジャンプ（認知症の表面化）

退院のドタバタがようやく落ち着いた翌日、妻の記憶に問題があることが明らかになった。入院中の事を聞いてもほとんど覚えていない。「今日は何日」と何度も何度も繰り返し聞く。

数日後に、市の北部地域包括支援センターのケアマネージャーが来てくれた。妻はケアマネージャーの質問に調子よく答えている。会話の形としてのやりとりは成立しているが、答えている内容は事実と違うことがめだつ。家族関係がめちゃくちゃで孫が息子になっていたりする。食事や洗濯などの家事も「はい、問題ないです。出来ます」と言っている。

ケアマネージャーとのやり取りが終わった後で、そのことを伝えると、ケアマネージャーからは多分、認知の面で「要介護認定」が出るでしょうとの事であった。

後日、市役所の担当者とケアマネージャーが来てくれて、確認を受けた。おおよそ1カ月後に「要介護2」と認定された。

第1話
（２０２２年9月26日～２０２３年3月3日）

退院から1カ月ほど後、テレビの有料チャンネルで、映画「ツレがうつになりまして」（２０１１年　宮崎あおい、堺雅人）を見た。何年か前にも見たが、ストーリーをかなり忘れてしまっていたので、もう一度見た。

この映画で、妻がうつ病の夫を「ツレ」と呼んで、寄り添い、日々暮らしている。いい夫婦だなあと思い、私も妻を「ツレ」と呼ぶことにした。

認知症が一挙に表面化して以来、私たち夫婦の生活は、「ツレ」と呼ぶのがぴったりの呼び方だとつくづく思う日々だったので。また、これからも「ツレ」と呼ぶのがぴったりの日々が続くと思うので。

退院以来の日々は、生活の基本は家事（食事、洗濯、掃除、ゴミ出し、風呂、トイレ、睡眠等）だとつくづく思う日々だった。その基本をツレに任せきりでこれまで生きてきた。その家事を何の前触れもなく、突然私が担うことになった。

食事

夕食

ツレが緊急入院して1週間ほど後、夕食に「ワタミの宅食」の配達を手配した。それまで、食事は全てツレに任せきりで、ツレに頼って暮らしてきた。ツレが緊急入院したとき、食事に困り「ワタミの宅食」があたまに浮かんだのである。

ツレの退院後のリハビリ期間も夕食はワタミの宅食で過ごし、リハビリ期間が過ぎた後もワタミの宅食が便利なので継続してきた。

ワタミの宅食はそれなりによくできている。雨の日も風の日も毎日配達してくれるのが何よりもありがたい。献立は日替わりだがそれほどのバリエーションはない。似たような献立が毎日繰り返される。

長く食べているとちょっと飽きがくる。しかし高齢者向けで、野菜の種類が豊富なこと、減塩であること、それなりに煮魚、肉、揚げ物などが日替わりで入っていることなど、よく考えられている。栄養のバランスも考えられているようだ。

ツレは「宅食はありがたいわね」「食材の種類も多いし、量もちょうどいい」と言っている。

朝　食

ツレの朝食は娘が教えてくれたレトルトの雑炊にしている。これはサケ、カニ、ホタテ、タマゴ、ウメ味などがあり2分間温めればよい。ツレはこの雑炊がお気に入りのようで、「おいしい」といって食べている。

昼　食

パルシステム（宅配生協）が週1回配達してくれる冷凍食品（うどん、そば、チャーハン、ピラフなど）が中心。ツレは週3日（月水金）昼食付のデイサービスに通っているし、週1回は近所の中華店で外食をしているので、我が家での昼食は週3日である。

娘に助けてもらって食事の大筋が決まった。買い出しの仕方も娘に教えてもらった。

カット野菜

焼きそばを作ったとき、野菜がもっとあるといいなと思った。近所のスーパーで「カット野菜のパック」を見つけた時、これだと思いさっそく試してみた。けっこううまくできた。ツレも「おいしいね」と言ってくれた。なんだかうれしかった。

「讃岐うどん」にスーパーの「野菜のかき揚げ」をトッピングしたときもおいしかった。

そういえば、初めて米を研いで、ご飯が炊きあがったときもうれしかった。娘に「炊飯器が炊いたのよ」と言われたけれど。

米研ぎ

米を研ぐ時、何回水替えをするのか？　娘は4～5回と言っている。ツレは3～4回。私はわざわざザルにいれて、10回以上ごしごしと研いでいた。やりすぎだった。

1月から無洗米にしたが、ツレは相変わらず3～4回研いでいる。

厚焼きタマゴ

賞味期限切れ近くのタマゴを、ツレが「厚焼きタマゴにするわ」と言って、慣れた手つきで作ってくれた。「こうするのよ」と講釈つきだった。得意そうだったしうれしそうだった。

カレー

先日、土日はワタミの宅食をやめて、「カレー」や「なべ」など二人で手作りできるものにしようかと提案したら、ツレは「毎週、土日2日の夕食準備はムリよ、お父さんもできないし」と一蹴された。ツレは自分で食材をそろえて料理することは無理だと受けいれているようだ。

一方で買い出しの時、カートにジャガイモやタマネギを入れているので、「どうするの?」と聞いたら、「カレーを作るの」と言うこともあった。ガスの危険も考慮しながら二人で作ってみようかとも思った。

ベジファースト

ネットで調べたら、食事の最初にベジファーストと言って、野菜のサラダ(キャベツ、ニンジン、タマネギ、モヤシなどのミックスサラダ)を摂ると炭水化物による血糖値の急上昇(血糖値スパイク)をやわらげる効果があると書いてあった。2月初めから試している。

ガス

私が見ていないときに一人でガスを使うのは危険なので。「ガスを使うのは私が見ているとき」と念をおしている。ツレが少し料理をすることは生き甲斐だから尊重したい。しかし、ガスの危険との両立が難しい。側で見ていることにしているが、全ては見きれないことがある。

外　食

週1回、火曜日の昼食を近所の中華店で食べている。先年の火災後、再開した店は料理人が替わったようで、かなりおいしくなった。歩いて行けるのでよいウォーキングになる。

食事の準備・後かたづけ

ご飯はツレが研いで、炊いている。炊く量、タイマーの設定は何度か失敗した後、私に確認を求めてくれるようになった。

食事の準備（食器をならべ、ご飯をよそい、お茶の準備をする、宅食を温める、冷蔵庫から出来あいの惣菜を食卓に出すなど）は二人でする習慣となった。

食後の片付け、洗い物はツレがやっている。

食後の果物を用意するのは私だが、リンゴなどの皮むきは主婦歴50年以上のツレの独壇場である。「お父さんはへただから」と言われている。その通りである。

ツレの体重は5カ月間で55kgから50kgに減量した。食生活の寄与が大きいのではないかと思う。

買い出し

退院直後は足の筋肉が衰えて、伝い歩きしかできなかったが、1カ月半ほどで手摺りに頼らずに歩けるようになった。驚異的な回復力である。今は近所のスーパーへ二人で買い出しに行くことができるまで回復した。

所要時間30〜40分。途中に50段ほどの階段がある。階段は手摺り伝いに「カニ歩き」で登り降りをする。週2回、転ぶと危険なので二人で手をつないで、運動を兼ねて買い出しに行く。ラブラブである。

洗濯

洗濯はツレにすべてを任せている。取り込みも、たたんで収納するのも。手際よく、きれいにたたむ。私は足元にもおよばない。主婦歴50年以上、恐るべし。ツレの下着が私のところに紛れ込んでいることがけっこうある。

「お父さん、洗濯ものはないの」と催促を受けることも多い。

入浴

週3日のデイサービスに入浴サービスがあるので、冬場は家での入浴はなしにしている。

ケアマネのアドバイス、「冬場に高齢者が自宅で急死する原因は、ほとんどが脱衣室、浴室でのヒートショックである。高齢者は週２回の入浴で十分である」に従って。

テレビ

冬場のツレは、居間のソファーで１日の時間の大半を過ごしている。テレビをつけている時間が多い。

スポーツはルールの簡単な大相撲や駅伝やフィギュアスケートなど、他は前から見ている「笑点」「鶴瓶の家族に乾杯」「小さな旅」徳さんの「路線バスで寄り道の旅」「出川哲朗の充電させてもらえませんか？」など。「ブラタモリ」はちょっと難しいのではないかと思うが、面白そうに見ている。

ドラマはストーリーが理解できないらしくほとんど見ない。ニュース、ニュースショーなどもほとんど見ない。テレビをつけっぱなしにして、ソファーでウツラウツラしていることが多い。

しかし居眠りは随分減った。自治会の回覧板や、パルシステムの食品カタログなど文字を読んでいる。読むというより文字を追っていると言った方がよいのかもしれない。私も居間で本を読んで過ごすことが多いので、話しかけたり、話しかけられたりしている。

室内歩行トレーナー

2月中旬、アマゾンから室内歩行トレーナーが届いた。ツレのリハビリに使えるかもしれないと思って購入したものである。組み立てるのに1時間ほどかかった。ツレも手伝ってくれた。手伝いが役にたったかどうかは別にして、こういうこと（男の仕事？）を手伝ってくれるのは初めてのことである。ツレと仲良くなった。

組み立てた歩行トレーナーをツレはめずらしそうに何度も試している。1回1～2分程度だが、毎日何回もやっている。どうやらクリーンヒットらしい。「お父さんもしなさい」と言っている。

急いではいけないし、急ぐ必要もない。ぼちぼちだと思っている。

デイサービス

あれほど嫌がっていたデイサービスへ、11月初めから週2日、行きはじめた。12月から週3日（月水金）になった。

デイサービスへは10月に2回、ケアマネが手配してくれて、「お試し」ということで、施設見学と昼食に招かれた。昼食の後、ツレはかなりきつい言い方で「私は嫌だからね」と言っていた。

それがころっと変わって「行くわ」になった。何故だか分からない。多分、デイサービスの人たちが親しみやすくいい人だったからだと思う。

前日の夜には着ていくものを選んだり、持ち物の準備、点検に余念がない。なんだか楽しそうにも見える。「楽しそうだね」と声をかけると、「迎えの車が来てくれるからね」と返ってくる。ツレらしい返し方である。

今日は月曜だから迎えは９時前、今日は水曜日だから迎えは８時半過ぎと、時間感覚がしっかりしてきた。外すことも多いけれど。

夕方５時頃、満足そうな顔をして帰ってくる。寒いので玄関のドアをあけ放ち、居間のドアは閉めたままにしていると、「お父さん　帰ったよ」と私の出迎えを催促する声が明るい。

デイサービスでの話をよくしてくれる

「送り迎えの車があるのがいいね。歩いては行けないから」
「朝９時半からお風呂が始まるの。手のかかる人は後になるので、私は最初の方」
「湯船は大きいし、湯船には階段と手摺りがついているので自分で入れるの」
「介護の人が身体も洗ってくれるし、頭も洗ってくれるの。至れり尽くせりよ」

「お父さんも入りにくればいいのに。でも男はダメだけど」

「100歳を超える人もいるよ。90歳以上の人も何人もいるよ。全員で25人くらい」

「それぞれ自分の居場所が決まっていて、私は日当たりのよい場所にいるの」

「食事はまあまあね」

「オーナーはのんびりした人、何歳かしら、再婚で奥さんに連れ子がいるって噂だけど」

「看護婦さんが血圧と血糖値は良いよと言っていたよ」

脳トレ

デイサービスで簡単な脳トレがある。簡単な迷路の通り抜けや、数字の順に線を結んでいくと文字や絵が浮かびあがってくるものなど。多分小学校2~3年程度だと思うけれど、ツレは「小学生ではムリよ」と言っている。

脳トレ問題を見せながら「私が一番早かったのよ、できない人もいるし」とうれしそうに話す。子ども返りしたように無邪気である。なんの悩みもなさそうにも見える。そんなツレを見ているとちょっとまぶしく感じる。

会話が続くようになった

以前は

「お母さん、ちょっと居眠りしていたね」

「お父さんも寝ていたでしょう」

「……」

この頃は

「お母さん、ちょっと居眠りしていたね」

「あら、そー」

「俺もウトウトしていたけど」

「テレビを見ているとウトウトするわね。そろそろ夕方ね。今日は何食べるの？」

「ワタミの宅食」

「あー、そうだわね」

「毎日食べているのだから、いい加減に覚えてほしいよ」

「うん、毎日のことだからね」

「そろそろ準備を始めようか」

会話が続くことが多くなった。以前は双方で「切り返し」が多く、会話が切れることが多かったけれど。

何度も同じことを聞かれる

「さっきも同じことを聞いたよ」

「あら、そー」

「何と言ったか覚えている？　忘れたでしょう」

「忘れた。もう一回言って」

　以前は、勝気なツレは「忘れた」とは決して言わなかったが、このごろは素直に「忘れた」と言う。何かが変わった。

ツレとの接し方について心がけてきたこと

・自分一人で抱え込まない。これはケアマネをはじめ、いろんな人からアドバイスをもらった。
・ツレができることは任せる。できないと頭から決めつけない。ツレの生き甲斐を尊重する。側で見ている必要があるときはそうする。危険なことは避ける。
・なるべく無理をしない。無理に自分を抑えない。過剰反応はなるべく避けたいが、困難な時は無理をしない。同じ言葉を何度も繰り返されると、イライラしてきつい言い方になってしまう。そういう自分を無理に抑え込まないことにしている。無理に抑え込むとストレスが貯まる。それが積み重なると爆発する。実際には過剰にきつい言い方になることも多々あったが、それはそれで「やむをえない」ことにした。「過剰にきつく言った」と思ったときは、後で「ごめんね」を心がけている。

血糖値測定とインスリン注射の精神的負荷

血糖値測定は朝、昼、夕の3食前に、インスリン注射は食後に各3回。血糖値測定は手の指に針を刺して、にじみ出た血液をセンサーで測定する。失敗してやり直すことが多かった。

センサーの残り在庫が不足するかもしれないとけっこう気になる。インスリンの投与単位は朝昼夜で異なる。命に関わるかもしれないので緊張する。マニュアルを作って、指差し確認をしている。

お世話になります。お父さんのおかげです

血糖値の測定は指先に針をチクリと刺し、1㎜ほどの血だまりを作ってセンサーで測定する。

「チクッと痛いよ」

「痛い！」

「我慢、我慢……、はい、血糖値は164」

「どうなの？　いいの？」

「上等、上等」

「お世話になります。お父さんのおかげです」

「ほんと？　ほんとにそう思っているの？」

「そりゃ、そうよ」

「お父さんのおかげですは、初めて聞いたよ」

「そんなことは普段は言わないの」

リブレ方式測定の採用

血糖値測定は12月初めに、上腕裏にセンサーを取り付け、デジタル測定器を近づけるこ

とで血糖値を読み取り、自動的に記録するリブレ方式に変わった。

1月にはインスリンの投与が朝食後の1回だけになり、投与量も大幅に減った。精神的負荷が大幅に軽減した。

病院通い

巨大な大学病院は私には迷路である。ツレを車椅子に乗せて採血、採尿、X線撮影、心電図、心臓血管外科、腎代謝内科などを回る。エレベータで階を上がったり降りたり。待ち時間も長い。娘が同行してくれなかったら、迷子になっていたと思う。

病院の案内図に回る順番を書き込んで、それぞれの場所で何をどのようにするのかマニュアルを作った。ツレは1月から歩けるようになり、車椅子から解放された。娘の助けなしでも行けるようになった。

病院の薬局はかなり急な坂の下にあり、車椅子では行けないうえ、混み合って待ち時間も長い。娘が我が家の近所の薬局で処方してもらえるよう手配をしてくれた。ありがとう。

神様からのプレゼント

退院直後、伝い歩きのための手摺りは、とりあえず介護レンタルの据え置き型で間に合わせたが、使い勝手と見栄えが悪い。長く使うことになりそうなので、壁に取り付けることにした。

私一人でも何とか取り付けられると思ったが、孫の優斗（高1）に電話で助けを求めたら、日曜日に来てくれることになった。手摺りの材料はアマゾンで手に入れた。

当日、朝から待っていたがなかなか来ない。昼食の時間になっても来ない。今日はダメなのかと諦めかけていたら、13時過ぎにひょっこり現れた。「寝過ごした」と言っていた。

早速、二人で手摺りの取り付けにかかった。取り付けるのは廊下とトイレの壁。板張りの廊下の壁面はどこに間柱があるのか手で叩いてみてもなかなか分からない。2間幅の真ん中に1本あるはずだとメジャーで見当をつけ、ドリルで試し穴を開けて見つけた。残りは、素人計算と試しドリルで探し当てた。孫が主役で私は補助。1時間ほどで廊下の取り付けが完了した。

トイレの壁はタイル張りである。タイルの目地の十字部分に取り付けるしかない。試しにドリルで穴をあけてネジをねじこんでみたがガタができて効かない。孫は首をひねっている。コンクリート用アンカーはタイルの目地幅が狭くて使えない。

私の「大工の裏技」の出番である。爪楊枝をネジ穴の深さに合わせて切り、水に湿してネジ穴に差し込み、その上からネジをねじ込む裏技を試してみた。…………。

手摺りは見事にタイル壁に取り付いた。

孫が「じいちゃん、マジ、すごい！」と褒めてくれた。孫と二人で取り付けた手摺りは、私の目にはまぶしいほどの出来映えである。

退院直後のあわただしい日々のなかで、神様からいただいた宝物のような１日であった。

ＩＨクッキングヒーター

２月末の朝、ふと「ＩＨクッキングヒーター」に気がついた。アマゾンに注文したら翌日到着した。試してみたら感触はよい。ガスレンジは取り外して片づけた。

「ガスの問題」は解決しそうだ。ＩＨは１００％安全とはいえない。全て解決というわけではないが、危険は大幅に低下しそうである。問題はツレが「ＩＨクッキングヒーター」の安全な使い方を覚えられるかどうかである。根気よく何度も繰り返し、二人で一緒に使おうと思う。


この半年ほどで、食事、その他の家事に筋道ができてきた。デイサービスへ週３日行く。

血糖値測定・インスリン投与の精神的負荷も大幅に軽減した。病院通いも慣れてきた。

ツレの足がしっかりしてきて、買い出しや外食が楽しくなってきた。会話も続くようになってきた。

何よりも春がやってきた。暖かくなりはじめた。春休みには優斗がカーテンの取り替えに来てくれると言っている。

退院直後の「介護や家事を一手に引き受けなければという緊張感・悲壮感」はどこへいったのか。平穏な日が続いている。ツレが元気なときは感じなかった「その日その日を大切に」という気持ちをそこはかとなく感じるようになった（ような気がする）。

2月初めにネットの有料サイト「アスクドクター」に会員登録して、認知症と糖尿病のさまざまなケースを読んでいる。認知症にはさまざまなタイプがある。徘徊・妄想・イライラ・暴言・暴力・うつ症状など。症状の軽重にも差がある。悩んでおられる家族も多い。ツレは「肩の力が抜けた」ようで、明るくのんびり型になった。つくづくありがたいと思う。認知症は時間とともに進行することが避けられないものらしいけれど。

第２話
（２０２３年３月４日～２０２３年７月31日）

日々の食事の基本形がほぼ定まった

朝　食

ツレはレトルトの雑炊。私は納豆と生タマゴが基本。ツレは「雑炊はおいしい、身体によい」と気に入っている。ただし、雑炊は消化が早いので血糖値が２００前後まで急に上がる。

副菜は血糖値の急上昇を抑える効果があると言われているベジファースト、佃煮、シラス、漬け物など。

昼　食

月水金はデイサービスで昼食がでる。火曜日は近所の中華店で外食。

それ以外の昼食はチルドのチャーハン、麺類、スーパーで買ってきた寿司や炊きこみご飯など。暑くなり冷やし中華、ソーメンが加わった。たまにはハムととろけるチーズをトッピングしたトーストとポタージュ。

夕食

おかずはワタミの宅食。ベジファーストとスーパーの豆腐、練り物、漬け物など。

ツレは「宅食はありがたいわね。これだけの種類の食材を二人分だけ用意するのは困難だし、栄養のバランスも良い」と気に入っている。味にマンネリ感があるのは否めないが、二人ではこれだけのものは作れない。

退院後半年以上を経過し、この基本形がほぼ定着した。

ベジファースト

ベジファースト用のサラダは私が作っている。キャベツ、レタス、ニンジン、タマネギのスライスにモヤシを加えてつくる。1回に2～3日分ほどつくり、タッパウエアで保存している。食べるときにはトマトを添える。心臓血管外科からトマトなどでビタミンKを補うよう言われているので。

ベジファーストを作るため、野菜のスライサーを何種類か試してみた。ネットの動画で見るとハンドル型のスライサーがよさそうに見えたが、実際に使ってみるとかなり力が必要なうえ、目詰まりや後かたづけが面倒で使い勝手が悪い。

単純な板のスライサーの方が断然使い勝手が良いことが分かった。自分の指をスライスしてしまう危険があるが。けっこう料理の下ごしらえをしているような気分になる。

買い出し

週2回ほど、二人で近所のスーパーへ買い出しに行く。カートを引き、転ぶと危ないので手をつないで行く。足はしっかりしてきた。ゆっくりだが30分以上歩き続けられるようになった。階段も休み休みだが登り降りできる。

ワタミの宅食が覚えられない

昼過ぎ

「スーパーへ行ってくるわ」

「えっ、何を買うの」

「晩ご飯に食べるものが何もないから」

「そんなことないよ」

「だって冷蔵庫に何もないから」

「……　……　……」

二人で冷蔵庫を開けて、中を確認しながら

「豆腐も野沢菜も沢庵も、シラスもあるじゃん。さつま揚げも。トマト、果物もあるよ。ヨーグルトも食パンもハムも牛乳も。いつも晩ご飯に食べているものは何？」

「……」

「ワタミの宅食」

「あー、そうね。それを忘れていたわ。ワタミを忘れてしまうのよ」

「うん、もう半年以上、毎日ワタミを食べているのにねえ」

ツレの名言

「私が忘れても、ワタミの宅食は配達を忘れないね」

主婦魂

冷蔵庫をかなり空けているのは、温めるだけで食べられるものが主体なのと、食材をたくさん入れ過ぎて賞味期限切れを起こさないため、私なりに工夫しているからである。

しかし、ツレはいっぱい入っていない冷蔵庫を見ると、食べるものが無いと思い込むようだ。その背景には「我が家の食卓を預かっているのは私だ」という長年の主婦魂があるのだと思う。

だから、デイサービスへ行く朝は、「お父さん、お昼に食べるものある？」、帰ってきたとき「お昼は何食べたの？」「お昼は冷蔵庫にいれてあるパンを食べてね」などと私の昼食を心配してくれる。「冷蔵庫に何もないから、買い物しといて」と言っていくこともある。

初めてのカレーづくり（5月連休）

「カレーを作ると1回では食べきれないから、明日のお昼もカレーになるよ」

「明日も休日だからいいじゃない」ということでカレーをつくった。

ニンジンとタマネギをカットし、ジャガイモの皮を剝く。ツレの独壇場である。下ごしらえした野菜をさっと炒め、豚肉を加えてさらに炒める。鍋に入れ替えて煮ながらルーを加える。できあがったあと、「ちゃんと覚えた」と念を押された。

デイサービス

今日は木曜日？

壁の大きなカレンダーに、月水金のデイサービスの日に赤丸をつけ、その下にデイサービスと自分で書き込んでいる。それを見ながら
「今日は木曜日？」

「うん、そうだよ」

「じゃー、15日？」

「ううん、8日」

「ああそう。じゃー、明日はデイサービスね」

迎えの車、お友達

「迎えの車が来てくれるから行くのよ。歩いては行けないから」

「あんまりお休みもできないの。車が迎えに来てくれるから休むのは悪いし。行けない日もあるから、行けるときは行っておかないと」

「お友達がたくさんいるから行くの。けっこうおしゃべりも楽しいよ」


リクルート？


「今日、新しい人が来たの」

「ふーん」

「私の側に座ったのでおしゃべりしたの」

「ふーん」

「そうしたらね、その人、私が居るから来るって言ったんだって、後でオーナーがそう言っていた」

「へー、たいしたものだね、お母さんが居るから、その人来る気になったんだ。それってリクルートと言うんだよ」

「そんなたいそうなものじゃないわよ」

「デイサービスは楽しそうだね」

「それほどでもないけど、でもお友達もたくさんできたし、９時半にはお風呂に入れてくれるし。お風呂に入ると髪の毛も洗ってくれるの。そのあとボーッとするけれど」

「いたれりつくせりだね」

５月連休
連休初日

カレンダーを見ながら
「５日間も休みね」
「うん、デイサービスへ行きたいの」
「それほどでもないけど…。暇だしね…」

「恐怖だね」（5日間も連続してツレと一緒に過ごすことは、私には恐怖である）
「何が恐怖なの」
「えへへー」

連休2日目

カレンダーを見ながら
「今日は4日、5、6、7と休み、デイサービスは8日からね」
「早く行きたいでしょう」
「そんなことはないわ。休みの方がいい」

連休4日目

「デイサービスあった方がいいわ。お友達もいるし、お風呂もあるし」

「やっぱり行きたいんだ」

「まあね」

脳トレ

デイサービスで簡単な「点結び」、「四字熟語」、「絵の間違い探し」などの脳トレがある。

「できない人もいるよ。年取ったおばあちゃんが結構いるから。男の人は3人だけ。全部で25人ほど。四字熟語は私しかできない問題もあるよ。オーナー（所長のこと）がそう言っていた」

脳トレを我が家でもやってみようと思い、ネットで脳トレ問題を探してみた。認知症向けのページで迷路、絵の間違い探し、四字熟語、クロスワードパズル等の脳トレ問題集を見つけ、上級コースをプリントアウトした。

ツレはスイスイと問題を解いて「やさしいわね」と言う。上級コースといっても認知症向けなのでそれほど難しくはない。

クロスワードパズル

「字が大きいクロスワード１００問」という本を買ってみた。これはかなり難しい問題も含まれている。ツレは熱心に取り組んでいる。

読　書

ツレが脳トレをやっている側で小説を読んでいたら、ツレが「私も本を読みたい」と言う。「どんな本がいい」と聞くと、「小説がいい」と言う。

いろいろ考えて、「小学校3年生　10分で読める物語」をアマゾンで購入した。これはすらすらと1時間ほどで読んでしまった。

「簡単ね」

「面白かった？」

「まあまあね」

「5年生 10分で読める物語」、「6年生 10分で読める物語」を試してみた。これらの本は芥川龍之介の「トロッコ」、有島武郎の「一房の葡萄」などの短編で構成されている。

「10分では読めないね」

「短編一つに、10分ということじゃない」

いずれも2～3時間程度で読み終えた。

「どうだった？」

「結構面白かった。文字の大きさはちょうどいい」

5年生、6年生の本を読むということを気にしているようではない。そのあたりの変なプライドはないらしい。


「二十四の瞳」

新書判で270ページ。これは「ソファーで読むより、机で読んだ方が読みやすいわ」

と言って、キッチンの食卓テーブルで、２日間で読み終えた。結構な集中力である。

続いて壷井栄の「母のない子と子のない母と」、「柿の木のある家」。いずれも集中して２〜３日ほどで読み終えた。ちょっと字が小さくて読みづらいと言う。

以前はテレビを見ながら居眠りしている時間が多かったが、春になってほとんど居眠りしなくなった。本を読んだり、ひなたぼっこをしている。

５　月

天気のいい日は縁台でひなたぼっこをしている。「白のイチハツ」が咲き、１週間ほど遅れて「紫のイチハツ」が咲いた。菊の新芽も出てきた。ツレが水やりをしている。風薫る５月は穏やかに過ぎていった。その穏やかな日々が６月に入ると一変した。

白内障手術

壷井栄の「あしたの風」は文庫版である。ツレは字が小さくて読めないという。メガネが合ってないのかと思い、「眼鏡市場」へ行ってみた。レンズをいろいろ調節してみても、小さな文字は読みにくいままであった。

近くの眼科で診察をうけたら白内障と診断され、大学病院眼科を紹介された。

大学病院眼科で白内障の手術を受けることになった。

手術予定日

6月7日　　　：右目手術前検査

6月12日〜13日：右目手術　1泊

6月20日　　　：左目手術前検査

6月26日〜27日：左目手術　1泊

7月4日　　　：左目手術後検査

7月18日　　　：両眼の最終検査

病院での待ち時間は長い。6月7日は朝8時から15時までかかった。80歳を超えた二人には、病院通いはそれなりに負担がかかる。

入院の準備

12日の1泊手術に備えて2日前から、ツレはパジャマや衣類、タオル等の準備を始めた。あれこれ並べて、スーツケースに出し入れを繰り返している。

11日（右目手術の前日）は朝から始めた。午後に私も保険証や手術同意書等の点検をした。特に現金は持ち込み禁止なのでその確認をし、スーツケースは大きすぎるのでデイサービスで使っているリュックに取り替えた。

夜もツレは持ち物を出して並べたり、リュックにしまったりを何度も何度も繰り返していた。見ているのがちょっとつらかった。

後日、親友と電話で話したとき、この話をしたら、彼のお母さんも同じようだったと言っていた。またケアマネからもケアマネのお母さんも同じようだったと聞いた。

6月13日朝　行方不明事件

6月12日、右目の手術が無事終わり病院に1泊した。翌13日朝、退院の迎えに行った。9時25分、病棟の受付で「迎えに来ました」と告げたら、看護師が「先ほど一人で退院されました」と言う。

びっくりした。看護師に「妻は認知症だから、一人で歩いては危ない」と告げ、病院も手違いを認めて…。

看護師と1階玄関口、待合所、バス・タクシー乗り場、トイレ等あらゆる所を探したが見つからない。後半は病院の警備担当責任者も加わって探してくれた。監視カメラの記録から9時10分に病棟13階のエレベータホールに居たことは判明したが、病院玄関の防犯カメラの確認に時間がかかり、11時の時点では玄関を出たかどうかは不明だった。

現金は持ち込み禁止で、私も確認している。お金は持っていないからタクシーやバスで帰ったとは考えられない（と思い込んでいた）。自宅に何度も電話をいれたが応答はない。

11時過ぎ、警備担当責任者から「警察へ連絡しましょうか?」という提案があり、念のため自宅へ帰って確認してみてからということにして、タクシーで自宅へ向かった。

11時半、ツレが自宅の玄関の階段にちょこんと座っている姿を確認。2時間余り、心配で心配で走り回った。万一ということも頭をよぎった。

安堵とともにどっと疲れが押し寄せた。認知症をもつ他の家族の方も同じような思いをしておられるのだろうか?

ツレは「タクシーで帰ってきたけど、鍵がなくて玄関を開けられないので困っていたの」と言う。「タクシー代は入院費の支払いがあるので持っていったお金で払った」という。一昨日の午後、私が確認した時、お金はリュックに入っていなかった。その後ツレが黙って入れたということである。

私が迎えに行くことは、あっけらかんとして「忘れた」と言う。私が家に居ないことをどう思ったのかと聞くと「どこへ行ったのか分からなくて心配していた」と言う。

夕食の時、「今日の午前中のこと覚えている?」と聞くと、「何かあったの?」と言う。また、どっと疲れが出た。

学習したこと
・お金の所持の有無は念には念をいれて確認しておくこと。
・ツレは一人でタクシーに乗り、自宅へ帰る能力があること。

混乱～信頼関係の一歩前進

6月に入って

白内障手術の日程が入って以降、日にちの確認が急に増えた。毎日カレンダーを見ながら「今日は何日？」と何度も聞く。繰り返し、繰り返し確認する。私に任せて安心してくれればいいのだが、几帳面なツレの頭はそうなっていない。

6月20日夜

カレンダーを見ながら
「今日は学校あったの？」

「学校って何……。デイサービスのこと？」

「あー、そう、デイサービス」

「今日は火曜日だったからデイサービスへはお休み。今日は何をしたか覚えている？」

「うーん、何かしら？　スーパーへ買い物に行ったの？」

「今日は大学病院の眼科へ行ったじゃん」

「あーそうか」

「今日は朝8時から午後3時まで、1日中病院にいたじゃん。忘れたの？」

「うーん」

しばらくして
「時々日にちが混乱するのよ」

「白内障の手術が気になるの？」

「うん、忘れてはいけないからね」

しばらくして
「今日は木曜日ね」

「ううん、今日は火曜日」

「ああそうか、今日は大学病院へ行ったんだったね。ときどき日にちが混乱するの。何をしたのか思い出せないことがあるの。分からないときはお父さんに聞くから教えてね」

6月22日夜

ツレが「財布がない」と騒ぎ出した。一緒に探したがその夜は見つからなかった。翌日キッチンの引き出しから出てきた。これで二度目である。一度目は押し入れの衣装ケースの中から出てきた。その都度ツレは困惑した。そうして、これからは「財布はお父さんに預ける」と言う。

夜、デイサービスでやった脳トレの用紙を見ながら、「昼は5分くらいでできたけれど、今は混乱していてできないの。迷惑かけるけど頼みます」と言う。

ツレが6月20日に続いて今日認めたことは「物事を忘れることがかなりあること、ときどき混乱することがある」という自己認知であり、それを私に認めた。このように「物事を忘れることがかなりあること、ときどき混乱することがある」という自己認知を認めることは今まではなかった。今までは勝ち気で認めることを突っぱねてきた。

私の想像

ツレは勝ち気だから、内心で「大丈夫なのかしら」と不安な気持ちがあっても、それを私に認めたくなかったのだと思う。だから気を張って頑張っていたのだと思う。夫婦といえども自分のすべてをさらけ出したくはない。私にも隠し事は多々ある。

「物事を忘れることがかなりあること、ときどき混乱することがある」ことを、私(と自分自身)に認めることで、ツレは自分の中に秘めていた秘め事から、自分自身を解放したのではないかと思う。そうして「もう隠す必要はない」と安心したのではないかと思う。

互いに安心して自分の心の内を話すことが信頼関係の基本だとすれば、私たちの信頼関係は一歩深まった（のだと思う）。私たちにとって大きな一歩である。

81歳近くになっても進歩はある。認知症にならないに越したことはないが、認知症になることにもいいことがある。

しかし、ツレは物忘れの達人でもある。「物事を忘れることがかなりある、混乱することもある」と打ち明けたこと自体を、翌日にはころっと忘れてしまう。

それでも、「物事を忘れることがかなりある、ときどき混乱することがある」と打ち明けて以来、ツレがかなり気楽になり、素直になったと感じる。多分心の中に秘めていた秘め事から、自分自身を解放した安堵感・安心感が残っているのだと思う。

7月になった読書再開

白内障手術が無事に終わり通常生活に戻った。病院行きを気にして、そわそわすることはおさまった。まだ仮メガネだが視力は格段に良くなった。手術前は字が小さくて読めなかった文庫本が読めるようになった。「伊豆の踊子」、「走れメロス」、「赤毛のアン」、「火垂るの墓」などを読んでいる。1日に2〜3時間読んでいる。「面白い？」と聞くと「うん、面白い」と返ってくる。

5月に読んだ「二十四の瞳」を覚えているかと聞くと「覚えている」と返してくるが、「二十四の瞳」以外の「母のない子と子のない母と」、「柿の木のある家」等は覚えていないと言う。多分、ツレは高松育ちで、「二十四の瞳」は子どもの頃からの愛読書だったのだと思う。

脳トレ

7月にデイサービスの脳トレでかなり難しい「迷路問題」が二度出された。デイサービスでは解けなかったらしく、持ち帰って夕食後1時間以上取り組んでいる。「難しそうだね。解けないと悔しいの？」と聞くと「悔しくはないけど、解けないとスッキリしないから」と言って続けている。

小さな変化の発見

「ワタミの宅食」を忘れなくなった。宅食は12時前後に玄関のクールボックスに届くが、ツレはそれを冷蔵庫にしまうようになった。それで「冷蔵庫に何もないから買い出しに行こう」とは言わなくなった。朝の雑炊やベジファーストも食卓に出すことを忘れることがほとんどなくなった。ご飯を炊くときも「1・7合でいいね」と私に確認してから研いで、炊飯器の予約ボタンを押している。

大きな変化の発見

リブレ測定器での血糖値測定は今まで私に任せきりだった。起床時、毎食前と食後60〜90分、さらに就寝前に血糖値を測る。食後の測定は忘れ防止のためアラームをセットしている。

7月20日、昼食後のアラームが鳴ったので、ツレに「自分で測って」と言ったら、ツレが自分で自動測定器を使って測定して、「175だわ」と返してきた。ツレが自分で測ったのは初めてである。夕食後もアラームが鳴ったら自分で測定した。

しかも、「血糖値はなんで測っているの？　正常値はいくつ？」という質問が出た。簡単に糖尿病のことを説明した。どこまで理解できたかは分からないが、ツレが関心を示したことの意味は大きいと思った。

認知症であることをディスらない

同じことを言うにしても、それまでは「言っても無駄だ」「直ぐに忘れてしまう」と内心で無意識にツレをディスリスペクトしながら言っていたことが多かったように思う。今時の言葉では「ディスる」と言うらしい。

ディスらないで、「それはこういうことだ」と説明し、「こうしてほしい」とストレートに言うことを心がけるようになった。そのストレートがツレの心に届いたのだと思う。そう思いたい。人の感性はするどい。ディスられたら、敏感にそれを感じ取る。ディスリスペクトを伴わないストレートも敏感に伝わるのではないかと思う。

朝顔

5月末に種をまいた朝顔が7月7日に初咲きし、その後も順調に咲き数が増えている。ツレは朝、花の数を数えながら水遣りをしている。

電灯やエアコンのスイッチの切り忘れ、いろんなものの置き忘れ、日にちが分からないなどは増えてきている。認知症は徐々に進行しているようだ。

認知症は去年8月の心筋梗塞の大手術後に一挙に表面化した。6月の白内障手術の時も明らかに進行したように見えた。徐々に進行しているものが、強いストレスにさらされると表面化するのかもしれない。

50年以上、生活のほとんどをツレの世話になってきた。去年9月、それが一挙に逆になった。1年近くが経過した。負担感がないわけではない。責任感もある。失敗も多いが、失敗から学ぶことも多い。危険なこともあるので、「今」を意識することが多くなった（ような気がする）。

そうすると、それまで見過ごしていた、気がつかなかった、あるいは当たり前のように思っていた、ツレのありがたさを感じることも多くなった。一方でイライラすることも、やりきれないと感じることも、疲れることもある。

共倒れしないように、健康にも気を付けるようになった。

第3話
（2023年8月1日〜2023年11月3日）

食　事

食事は第2話で述べたとおりでおおむね定着した。買い出しは二人で（実質は私）、食事の準備は二人で、後片付、洗い物はツレと分担もはっきりしてきた。リンゴの皮むき、キャベツ・レタスを刻むなど、包丁さばきはツレには遠く及ばない。

最近メールで知り合った奥さんの認知症歴10年以上の方から、「妻が天ぷらを揚げていたら、油取り用の紙に火がついて…、火事には至らなかったけれど…。IHに切り替えたら操作を覚えられない。それで妻から料理を取り上げた。これが大失敗だった。妻の認知症が一挙に悪化した」という話を聞いた。このメル友はご自身が「料理はクリエイティブ、奥が深い」という人。私のように「料理はクリエイティブ」という境地には到底たどりつけない者は、ツレから料理を取り上げるという発想はない。なるべくツレに頼っている。料理が苦手なことにも少しはプラスがあるらしい。

このメル友から「認知症と歩く能力は不離不可分、1日に千歩以上外歩き」と教えてもらった。ツレとは週2回近所のスーパーへ買い出し、週1回昼食の外食でほぼ千歩を歩いているが、1回の買い出しで買う量を減らし、買い出しを週3回に増やした。残りの3日はデイサービスがある。

デイ　行くのは私だからね

7月末、ケアマネから電話で「8月11日（金）は祝日だから、デイは振替で10日（木）にしましょう」と言われ、「はい、分かりました」と答えておいた。私の本音は、ツレにできるだけデイへ行って欲しいので、ケアマネの提案を軽い乗りで受けた。

ケアマネは「デイサービス」を「デイ」と言っている。私も「デイ」と言うことにした。

8月9日（水）の朝、ツレに振り替えたことを話したら、

「11日はお休みだから、私もお休みする。どうして振り替えたの」（キツイ声）

「ケアマネが10日に振り替えましょうと言ってきたから…」（逃げ腰）

「ケアマネは仕事だからそう言うのよ。でも行くのは私だからね」（キツイ声）

「でも、ケアマネが…」

「行くのは私だからね」

「じゃー、休みにする？」

「一旦行くと言ったのだから、断ったら悪いわ」

「じゃー、断らなくていい？」

「まあ、しょうがないから行くわ」

10日の夕方、デイの送迎車から降りたツレに、送迎車の助手のおばさんが明るい声で
「明日は振替ですから、また明日ね」
ツレも明るい声で
「はい、よろしくお願いします」
私にも
「振替だから明日も行くわ」
と当たり前のような顔をして言った。

さすがプロ！

9月18日（月・祝日）のデイは19日（火）に振り替えるかと聞いたら、ツレは「休日だ

からね」と難色を示した。

ちょうど来宅していたケアマネが「デイの所長さんが、来てくれるのを楽しみにしておられますよ」と一言。ツレは「所長さんがそう言っているのなら行くわ」。さすがプロ！

デイのリズム

「1日中お父さんと顔をつき合わせていると嫌になるわ。デイはありがたいわ」

「俺もそうだよ」

「でも、デイへ行くと疲れるの。だから土日の連休はありがたいわ」

月・水・金と1日置きで、土日は連休、このリズムが私たちにはちょうどよいリズムである。3連休は私にはちょっとしんどい。

ツレのデイ観

積極的に行きたいというわけではないが、行きたくないわけでもない。6割は行きたい、4割くらいは行かなければいけない、ではないかと思う。

行きたい

友達とおしゃべりができ、行けば楽しい。風呂にもいれてくれるし、昼食も美味しい。

行かなければいけない

お父さんも、ケアマネも行くように、デイのオーナーは来るように勧めている。

日々のエピソード
忘れてしまったんだ、なんて言わないの

このごろ目がかゆい、目が乾燥すると言うので目薬を使っている。見つけやすいように大きめのプラスチックケースに入れている。

「お父さん、目薬がない」

「いつもプラケースに入れて置いてあるじゃん」

「それがないのよ。デイのリュックにも入っていないし」

「じゃー、どこかに置いて、忘れてしまったんだ」

「そういうことは言わないの」

「うん、武士の情けだからね」

「そんな難しいものじゃないけど、忘れてしまったんだ、なんて言わないの」

５分ほど後
「お父さん、あったわ」

「どこに」

「洗面所、顔を洗ったときに持ってきたん」（高松弁？）

この置き忘れは、日常茶飯事である。身の回りの小物はショッチュウ行方不明になる。

私も同じだが。以前は「忘れてしまったんだ」で会話が切れていたが、このごろは続くようになった。

ひと言

「忘れてしまったんだ」に、以前はツレの認知症をディスるものが含まれていたのだと思う。人の感覚は鋭い。軽度認知症のツレの感覚も鋭い。だからディスられたことを感じてツレは会話を切ってしまう。今は、「忘れてしまったんだ」を素直にストレートに言うようになった。ディスるものがほとんど含まれていないので、会話が続くようになったのだと思う。

けなげなこと言ってくれるわね

「お父さんはけっこう元気だね。健康に問題はないの？」

「そんなことはないよ。狭心症の薬だけでも3種類、慢性便秘で苦しんでいるし、前立腺肥大で困っているし…。でも毎日ウォーキングや腹筋やストレッチ運動をやっている。お父さんが倒れるとお母さんが困るからね」

「ありがとう。けなげなこと言ってくれるわね」

「ありがとうだけでいいよ。けなげなことは余分」

「はい、分かりました。ありがとうございます」

この頃、素直にありがとうと言ってくれるが、おちょくられることもある。

お父さんもやればできるじゃない

ジャージとパジャマのズボンのゴム紐がゆるんでしまった。初めてのゴム紐通しをやってみた。古いゴム紐を引っ張り出し、新しいゴム紐を通す。

途中で引っかかったりしてなかなかうまくいかない。ツレに頼んだら「お父さんはいつも私に自分でしなさいと言っているんだから、自分でやりなさい」と一言。

何とかやり終えたら、「お父さんもやればできるじゃない」と言われた。参りました！

アイスクリームが消えてなくなる

夏場はモナカのアイスクリームが切れないように補充していた。通常は1日に1個、ツレと半分こして、3時のおやつにしていた。酷暑の日には2個ということもあった。糖尿病には良くないが、医師も「生活には楽しみも必要だから」と言ってくれている。

9月初め、なんだかアイスの減るスピードが速い感じがすることに気がついた。ツレに聞いても「お父さんと半分こして食べているだけ」と言う。ツレは嘘をつく人ではない。それでも減るスピードが早過ぎる。在庫をウオッチしていると、3日に1個くらいのペースで余分に消える。現場を押さえたわけではないが、ツレがこっそり食べていると確信した。

ツレは嘘をついているわけではない。食べたことを忘れてしまうのだ。私にみつからないように食べるのは、子どもの知恵のようでもあり、脳トレにもなると思う。止める必要はないので黙っている。

昨日のことの記憶がないんだけど

「お父さん、今日は11日？」

「いや、今日は12日、火曜日。昨日はデイサービスへ行ったでしょう」

「昨日、デイサービスへ行ったかしら？」

「うん、行ったよ」

「そうなの？　よくわからないの。昨日のことの記憶がないんだけれど」

「うーん、………」

以前は「記憶がない」は秘密にしていたけれど、この頃は言うようになった。

混　乱

「なにかボーッとして考えられないの」

「俺が誰だか分かる？」

「お父さん、それは分かるんだけど、日にちがはっきりしないの。デイサービスへ持って行く物をそろえないといけないんだけど、何を持って行けば良いのか分からないの」

「いつも持って行くものはリュックにはいっているよ」

「そうなんだけど、それでいいのかどうか分からないの」

「うーん、困ったね。今日は疲れたのかもしれないね」

こういうことが月に一～二度ある。

目覚まし時計

デイの前日の就寝前、ツレが自分の枕元の目覚まし時計を持ってきて

「この目覚まし時計、何時にセットしてあるの？」

「目覚ましはセットしてないよ。セットしたことは今まで一度もないよ」

「朝起きられるかしら？」

「うん、毎朝6時頃には自然に目が覚めているから大丈夫」

「大丈夫？」

「うん間違いない。目覚ましなんてもう何年もかけたことがないよ」

「本当に大丈夫？」

「うん、大丈夫」

「ちゃんと起こしてね」

「起こさなくても、毎朝自分で起きているじゃん。俺よりも早く」

「そうなの」

「そうだよ」

会話が続くのは良いことだが、ここまで続くのは…。

日にち時計

夜、「今日は何日」と聞かれる。多い日は10回くらい聞かれる。デイのことが気になって、その確認のために聞くことが多い。

ふと「日にち時計」を思いついた。アマゾンで調べたら、文字盤にデジタルで大きく「○月○○日　○曜日」の表示が出る時計がある。さっそく購入してデイのカレンダーの横に取り付けた。

「今日は何日？」と聞かれたら、日にち時計を指さして「あそこ」と言えばツレは気がつく。1週間ほどで日にち時計が効果抜群であることが分かった。ツレは日にちの確認を私に頼らず、自分でするようになった。自分で確認し、デイへもっていくリュックの中を確認している。「お父さんに聞くより、こっちの方が正確ね」と生意気なことを言う。

一方でその分会話が少なくなった。何回も聞かれると嫌になるが、聞かれないと寂しいような気もする。


今日は一体どうなっているんだろう？

ツレは夕方シャワーして髪を洗った。1時間ほど後、私がシャワーのためシャツを脱いでいたら
「お父さんのあと、私もシャワーするから」
「さっきシャワーしたじゃん。頭にキャップしているよ」

「あー、そうだね」（頭に手をやりながら）

私がシャワーから出てきたら
「次、私シャワーするわ」
「俺の前にしたじゃん」
「あー、そうだったわね」

夕食にスイートコーンを二人でご飯にかけて食べていたら、食卓の新しいスイートコーンの袋を指さして
「それ、ご飯にかけたら美味しそうね」
「今、食べているじゃん」
「あー、そうね」

夕食後30分ほど居間で一緒にテレビを見ていたら
「お父さん、夕ご飯たべたの？」
「えっ、さっき一緒に食べたじゃん」

「そうなの？」

　今日は一体どうなっているんだろう？

デジタルかアナログか

　朝食を食べながら
「私、今日は何するの？」

「今日は水曜日」

（1～2秒の間）

「ああ、今日はデイね」

　以前には、ここまではなかったと思う。ちょっとヤバイ感じがする。日にち時計以後、日にちに関する会話が減った。デジタルで脳トレすることと、アナログで会話することと、デジタルかアナログか。認知症進行予防にはアナログの会話の方が良いのかもしれない。

読　書

「短編集がいいわ。長いと忘れるし、眠くなるから」

「1～2週間ほどすると、読んだのかどうか忘れてしまうことが多いわ」

「読んだような気がするのもあるけれど。一度読んでいてもおもしろい短編だともう一度読んでも面白いわ」

現在、おもしろかった短編集（「1日1話で読む6つの数奇な物語」、「1日10分のごほうび」、「日本児童文学名作集」、「教科書の泣ける名作」、「芥川龍之介短編集」など）が十数冊ある。それを読み回しながら、月に1～2冊買い足している。

ため息がでることも多い

ベジファーストを冷凍室へ入れて凍らせてしまったり、冷凍ピラフやアイスクリームを冷蔵室へ入れて解凍してしまったり、血糖値測定のリブレ取り付けセンサーを取りはがしてしまったり（1個7千円もする！）、シャワーを出しっ放しにしたり…。ため息がでることはたびたびある。

介護認定調査

8月24日、市の介護保険認定調査員の来宅を受けた。ツレは昨年10月に「要介護2」の認定を受けている。

ケアマネから「要介護」ではなく、「要支援」と認定されると、デイは週2日が限度になると聞いた。私には月水金の「週３日のデイ」が、心のバランス・健康を保つためには欠かせないものになっている。週２日のデイでは、そのバランス・健康が崩れ、ストレスがたまる。

ツレは身体的には１年前とは見違えるほど健康になった。去年は室内での伝い歩きだったが、今は徒歩で片道７〜８分かかるスーパーへ買い出しに行けるし、50段くらいの階段も途中で一息入れるが登り降りできる。中華店へも歩いていく。洗濯や食事の準備・後かたづけなどの家事もしっかりやっている。

今回の認定調査で「要介護」から「要支援」に変更になる恐れがあるのではないかと心配になった。私にはとても大きな心配である。「要介護」から「要支援」への変更はツレの健康上は歓迎すべきことだけれど。

ケアマネに、「要支援」認定なら、自費でデイを週１日追加できるかと聞いたら、自費追加は可能と思うけれど、確かなことは言えないが、多分「要介護」認定になると思うとのことであった。

調査当日

市の調査員が健康状態、認知状態を中心にツレの生活状況をチェックリストに従って聞き取っていく。ツレの応答はほとんど「はい、できています。大丈夫です」だったが、現実とは違っていることが相当多かった。10分ほどで終わった。
続いて私への聞き取り。チェックリストの質問に答えた後、「週3日のデイ」が私の心のバランス・健康を保つために欠かせないことを強く訴えた。また、「週3日のデイ」はツレの社会生活への参加であり、認知機能維持に効果大であることも言い添えた。聞き取りは20分ほどで終わった。調査員は介護認定審査会へ私の状況もしっかり伝えますと約束してくれた。介護認定審査会は、果たして夫の状況を斟酌してくれるのか?

認定通知

9月12日、認定通知書が届いた。「要介護2」と認定された。認定期間は令和9年9月までの4年間。近年、これほどホッとしたことはなかったような気がする。

前立腺ガンの生検

10月初め、前立腺ガンの腫瘍マーカーPSAが10・4に上がり、前立腺ガンの生検（2泊3日の入院）が必要になった。入院の間、ツレには2泊3日のショートステイの利用を予約した。ツレは「ショートステイは嫌、私は一人で大丈夫。家にいる」と言う。ケアマネの助けも借りて説得しても、翌日にはそのことを忘れてしまう。カレンダーにはデイの日の赤丸に加えて、ショートステイの３日間は赤楕円マークを付けている。

　11月になって日にち時計を確認しながら、ショートステイの赤楕円マークを「これは何？」、「何で？」、「私は一人で大丈夫。家にいる」を繰り返すようになった。毎夜ではないがデイの関係で日にち時計を見ながら、この繰り返しになる。さすがに疲れる。

　やむを得ずガン生検を、「ガンの手術を受ける。命に関わることなので頼む」に変えた。そうすると「お父さん、ガンは大変ね。私ショートステイに行くわ」となった。カレンダーに「お父さんガン手術」と書き込んだ。

　これで収まったわけではなかった。２日後、朝からカレンダーの赤楕円を見ながら「これは何？」、「何で？」、「私は大丈夫」を１日中蒸し返した。夜に私が切れて「じゃー、お母さんの好きにしなさい。家にいてもいいよ」と突き放したら、ツレは「何でそんなこと言うのよ」ムッとしたが、しばらくして「じゃー、ショートステイへ行くわ」となった。

　ツレは「子どもがえり」していて、知らない所へ一人で行くのは不安なのだ。しかし突き放されると心細くなるのだと思う。以前は突き放したら夫婦喧嘩になったが、今はならない。ちょっと、いやかなり寂しい。

おちんちんをちょん切られる

その後、手術の話はエスカレートし「おちんちんをちょん切られるかもしれない」となり、ツレも「それは大変ね」と笑ってしまって、一応は落ち着いたかにみえた。しかし、何度も蒸し返しはあった。

その都度「おちんちんが…」で落ちつけた。そうしたら、「お父さん、心配だから見舞いに行こうか」と言い出した。ちょっと言い過ぎたかもしれない。

前　日

衣類・洗面用具など、ショートステイへ持っていくものの準備は、前日、午前中に二人で揃え、確認した。午後から夜にかけて、リュックに入れたものを取り出しならべ、確認して入れ、また取り出して…。6月の白内障手術の時と同じである。私は黙って見ているしかなかった。

ツレが寝た後、リュックの中を確認したら、財布が出てきた。黙って取り出しておいた。

初日朝

初日朝、デイへ行く時のように、送迎車へ「行ってきます」と乗り込んだ。やれやれ。

2泊3日後

16時過ぎ、送迎車で帰ってきた。ニコニコ顔で

「よかったわ。皆んな親切で楽しかった。良い所だった。ああいう所があるといいわね」

「また、行く？」

「うん、いいよ。良いところだから。また行くわ。楽しかった」

夕食を食べながら、あれこれ良かったことを話してくれた。ホッとした。

血糖値測定・インスリン投与の卒業

10月２日、大学病院腎代謝内科で、血糖値測定とインスリン投与が卒業になった。昨年９月、心臓血管バイパス手術後、突然「糖尿病」の診断を受け、朝食、昼食、夕食前の血糖値測定、３食後のインスリン投与が始まった。当初は命に関わることなので神経質にもなり、私のストレスも大きかった。

インスリンの投与量は、当初は１日３回で１日22単位だったが、７月初めには朝１回２単位まで順調に減少してきていた。その後さらに血糖値が安定してきたので卒業となった。

糖尿病であることに変わりはないが、血糖値が安定してきたので、インスリン投与は終わった。しかし、食事管理と適度の運動は必要ということである。私のストレス源が一つ減った。

Sクリニック

インスリン投与はなくなったが、糖尿病であることに変わりはない。かかりつけ医がいないと不安である。大学病院腎代謝内科から同病院総合内科の医師を紹介された。この医師は大学病院の総合内科医とSクリニックの院長を兼務している。Sクリニックは我が家から徒歩5分の所にある。

10月10日に総合内科を受診し、以後はSクリニックで月1回診察を受けることになった。このクリニックは臓器・性別に関係なく、内科、集中治療、救急医療もあり、訪問診療、訪問看護、在宅緩和ケアもしてくれる。大学病院へも繋いでくれるし、地域の介護事業所とも連携しているとパンフレットに書いてある。なんとも心強いクリニックである。近所にこんないいところがあるとは知らなかった。高齢化が進む中、このような形態の医療機関が増えているらしい。

私の「かかりつけ医」にもなってもらうことになった。

映画「ぼけますから、よろしくお願いします」

映画「ぼけますから、よろしくお願いします」　信友直子監督

映画（続編）「ぼけますから、よろしくお願いします～おかえりお母さん～」

書籍「ぼけますから、よろしくお願いします」　信友直子著

この映画のド迫力に圧倒され、繰り返し6回見た。著書は2回読んだ。人により感想は様々だと思う。私は父信友正則（93歳〜１００歳）の生き様に自分を重ね合わせながら見、読んだ。

妻の認知症が進行していく姿を正面から受け止め、受け入れ、妻ができなくなった家事を慣れぬ男手で淡々とこなしていく。洗濯をする姿、洗濯物を畳みながら「これはパンツ、これは乳にするもの…」、何の気負いもない。怒るときも直球勝負する。人に頼ることに「ワシにも男の美学があるのよ」と言う。その照れた顔に男の生き様を見た。

腰をかがめて（90度に折りながら、折れながら）スタスタと歩く。シルバーカーを一心に押しながら歩く。疲れて途中で立ち止まり、一息いれる姿に男の背中を見た。

認知症がどのように現れ、どのように進行するのか、ひとり一人異なる。ツレの認知症がどのように進行するのかは分からない。この映画と著書に、私は私自身の生き様を問われた（ような気がした）。

帰省

私の故郷は滋賀県の湖北である。近年、積雪は少なくなったが雪国である。両親が亡く

なり、実家が空き家になって十数年、雪で庇が折れ、シロアリに食われて床が抜け、傷みも激しかった。もう住むことはないと思い、10年ほど前に取り壊した。

姉が隣に住んでいる。新型コロナで4年間帰省していない。墓参りも4年間滞っている。今年はなんとか帰省（1泊2日）したいと思い、ツレの介助を息子に頼み、息子の都合の良い土日を選んで、10月28日～29日に帰省した。

最後の帰省になるかもしれないという思いもあり、懐かしいところ（お宮さん、お寺、裏山、高時川など）の写真をたくさん撮ってきた。

息子へ書き渡した「お母さんの介助について（お母さんのトリセツ）」を掲載します。

お母さんの介助について（お母さんのトリセツ）

1食事

朝食　6：30～7：30

「雑炊」「ベジファースト」「冷蔵庫内のタッパウエアに入っている漬け物類」

雑炊は食卓の上に置いておきます。お母さんが自分で「チン」します。お母さんは「ベジファースト」を忘れ易いので「ベジファースト」と言ってあげてください。

食後の後片付け、洗い物はお母さんがします。

※なるべくお母さんに任せてください。認知症進行予防になります。

昼食　11：30～12：30

土曜日

「カット野菜入り焼きそば」「ベジファースト」

カット野菜は野菜庫、焼きそばは冷蔵庫最下段に入っています。二人前用意してあります。調理はお母さんがします。見守りが必要です。

9時半頃に材料を揃えてあげてください。遅くなるとお母さんは気が早いので自分で冷蔵庫内のもので、焼きそば以外のものを勝手にアレンジしてしまうことがあります。

※お母さんがどの程度料理ができるか、焼きそばを作る姿を見れば分かります。

日曜日

「ピラフ」（またはレトルトカレー）「ベジファースト」

ピラフは冷凍庫、レトルトカレーは冷蔵庫の最下段にあります。9時半頃材料を用意してあげてください。カレーのご飯は冷凍庫のラップご飯、または「パックご飯」を使ってください。

夕食　18：00頃

「ワタミの宅食」「ベジファースト」「冷蔵庫内のタッパウエアに入っている漬け物類」「さつまあげ」等。

お母さんに任せておくと、気が早いので16：00頃に用意する可能性があります。

大輔が居ると「ワタミの宅食」を忘れ、母親だから、あなたに何を食べさすか気にすると思います。母親に戻るのも良いことですから、食べたいものを言ってみてください。

それでスーパーへ買い出しに行く必要が生じたら一緒に行ってあげてください。スーパーまで歩くことは認知症進行予防になります。

食後の果物

野菜庫のリンゴ、柿等適当に出してあげると、お母さんが皮を剝いてくれます。

おやつ

冷蔵庫に入っているヨーグルト、牛乳、野菜ジュースはお母さんが自由に食べ、飲むことになっています。甘い物は血糖値の関係で避けてください。

注意事項

・ご飯は朝食後お母さんが１・７合を仕掛けて、炊飯器の予約ボタンを押せば16時半に炊きあがるようにタイマーをセットしています。お母さんと私の夕食分と私の朝食分です。お母さんのルーティーンになっているので、そのままで継続してください。変更すると、元に戻すのに苦労するので。

ご飯が余ればサランラップにくるんで冷凍庫保管、足らなければ冷凍庫のものを解凍するか、パックご飯を使ってください。
朝食後に炊飯器の空の釜を流しに出しておけば、後はお母さんがします。
※1・7合にしているのは私の知恵です。1・5合だと水加減は炊飯器のメモリにあわせるだけだけれど、1・7合の水加減はかなりの注意力を要するため、脳トレになるので。
・ワタミの宅食は短期ストップができないので、毎日配達されます。土曜日の私の分が不要な場合は廃棄してください。
・お母さんができることは、できるだけ任せています。認知症進行予防になるので。
お母さんのルーティーンは尊重してあげてください。

2服薬

朝食後、夕食後の飲み薬を、食卓上のプラケースに入れておきます。お母さんは飲み忘れるので注意してください。
※血糖値測定、インスリン投与は10月2日で卒業しました。不要です。

３洗濯

すべてお母さんに任せています。

４会話の相手をしてあげてください。外歩きもできればしてください。

お母さんは同じ事を繰り返して話したり、聞いたりします。できるだけ調子を合わせてください。会話は認知症進行予防に有効です。

もう一つ有効なのは１日千歩程のウォーキングです。スーパーへの石段は危ないので必ず手摺りをつかむよう見守ること。登りは二度ほど息継ぎが必要です。

５寒くなったので

お母さんの布団に電気毛布をかけています。お母さんは寒暖に関係なくスイッチをいれます。朝は冷え込むので、温度設定を２～３にしてください。

第4話（2023年11月4日〜2024年4月20日）

食事

朝食

ツレはレトルトの雑炊、私はご飯に生卵、または納豆が基本。

昼食

うどん、焼きうどん、焼きそば、冷凍ピラフ、チャーハン、レトルトカレーなど。時々スーパーで買ったエビ天丼、お寿司など。それなりにバラエティに配慮している。

夕食

ワタミの宅食、味噌汁、漬け物、旬の果物、時々レトルトの炊き込みご飯。
※以前食べていたベジファーストはマンネリ感が出てきたのでとりやめた。

調理

うどん、焼きうどん、焼きそばなどの材料は私が用意し、調理はツレが担当。ご飯も

「何合炊くの」と私に確認して、ツレが研ぎ、炊飯器にセットしている。

材料を用意して

「お母さん、お願いします」

「はい、お父さんは料理はダメだから」（絶好調である）

後片付け・洗いもの

全てツレに任せている。生ゴミ、燃えるゴミ出しは私。

洗濯もツレに全て任せている。デイの日は私が取り込む。

時々起こるちょっとしたトラブル

お昼にポテトサラダを作った。２食分作った。夕食を食べようとしたらポテトサラダがない。

「お母さん、ポテトサラダがない」

「ないって…」

「お昼に作って、残しておいたポテトサラダ」

「…　…　…」

探したら、流しの三角コーナーに捨ててあった。

朝、ラップに包んで冷凍保存していた「余ったご飯」が、炊飯器に入って温められている。

「お母さん、なんで入れたの？」

「朝ご飯が足りないでしょう」

「お母さんは朝は雑炊じゃない？」

「ああ、そうだわね、忘れていたわ」

「…………」

私が起きるのがちょっと遅かった。昨夜遅くまでテレビドラマを見ていたので。

「お母さん、もう朝ご飯食べたの？」

「うん、食べた」

「俺のご飯がないんだけど、お母さん食べてしまったの？」

「炊飯器のご飯を食べたの」

「それは俺の朝ご飯。お母さんは朝は雑炊でしょう」

「あー、それ忘れていたわ」

「うーん、もう1年半、毎朝雑炊を食べているんだけどね…」

「ごめん、うっかり忘れたわ」

「どうして忘れるんだろうね」

「それは言わないの」

まあ、そうなのだけど、ついつい言いたくもなる。

いつもと違うことをすると、何かしらのちょっとしたトラブルが起こりやすい。ツレの頭が対応しかねるようだ。それなりに注意はしているのだが。

食品の買い出し

週2～3回、近くのスーパーへ買い出しに行く。買い出す食品のリストは私がつくり、食品選びも私がする。

ツレに「買い出しリスト」を作ってと言うと、「お店で選べば良いのよ」と返してくるが、実際にはツレは「食品選び」はできない。

二人でスーパーへ一緒に行くと、ツレは「自分で食品を買い出ししている気分」になるようだし、ウォーキングにもなる。

週1回配達してくれるパルシステム（宅配生協）との併用で、食品の購入は何とかなっている。

デイ

「今日は何するの？」
「今日は何日？」（日にち時計を指差して）
「今日は5日」（日にち時計を見ながら）
「何曜日？」
「今日は金曜日」（日にち時計を見ながら）
「金曜日は何するの？」
「あー、デイの日ね」（日にち時計の左のカレンダーを見ながら）
「そう、当たり、今日はデイ」
「迎えの車は来てくれるの？」
「うん、来てくれるよ」
「何時？」
「何時だと思う？」

「えーっと、８時半？」

「そう、当たり」

日にち時計を取り付けて半年。取り付けた頃は前夜に「今日は木曜日、明日はデイ」と自分で確認していた。このごろは朝「今日は何するの？」と尋ねるようになった。残念だが、認知症は少しずつ進行しているようだ。

脳トレのため、「今日はデイ」とは答えないで、日にち時計を指差して、ツレが自分で確認するのを促している。

メロンパン

デイの朝、冷蔵庫のメロンパンを一つ取り出して
「お父さん、これちょうだい」

「うん、いいよ。どうするの？」

「デイへ持って行くの」

「おやつにするの？」

「ううん、お昼」

「昼ご飯はデイで出してくれるよ」

「そうなの？」

「そうだよ。もう1年も、お昼はデイで食べているよ」

「そうなの」

いろんなことを忘れる。

お父さん計算しといて

「もうすぐデイの車が来るね」

「まだ、7時45分だよ」

「バスは8時20分ころ？」

「バスは8時半、あと何分後？」

「お父さん、計算しといて」

脳トレにはなかなか乗ってこない。

ああ、疲れた

デイから帰って来たとき、「ああ、疲れた」と言うようになった。

デイの朝

「今日はデイがあるのね」（ため息をつきながら）

「行くのがしんどいの？」

「まあ、みんないい人だからね」

「デイへ行きたくないの？」

「行きたくないわけじゃないけど、行きたいわけでもないの」

しばらくして
「迎えの車が来るから行かないといけないわね」

「うん、疲れるの」

「そう、疲れる」

去年の秋は、デイの休日振替のカレンダーをみて、「行くのは私だからね」とキツイ声で言っていたが、この頃は祝日と重なる日のデイを振り替えても、何も言わなくなった。

なんとなく「まるく」なってしまった。

ギョギョ！
夜、天気予報をみながら
「明日は雨で寒いから、デイは休むわ」

「どうしたの」（ギョギョ！）

「明日は雨で寒いから休む。いいでしょう」

「うん、いいよ。休みたいときは休めばいいよ」

翌朝

「今日は何するの？」

「今日は何日？」

日にち時計を指差して、いつもの通りの会話が続き
「今日はデイの日ね」

「そう、デイの日」

「迎えの車は来てくれるの？」

「うん、来てくれるよ」

8時半に迎えの車が来たら、「行ってきます」と出かけた。


ギョギョギョ！

日曜日の夜、突然

「来週はデイへは行かないわ」

「どうして」（ギョギョギョ！）

「お父さんが心配だから」

「俺の何が心配なの？」

「ちゃんとお昼を食べているかとか」

「ちゃんと食べているよ」

「ほんと…」

1時間ほどして
「やっぱり来週はデイへ行くわ」
「どうして」（ほっとして）
「だって朝、迎えの車が来てくれるでしょう。行かないと悪いわ」
「うん、そうだね」
1時間ほど前に「行かないわ」と言ったことを覚えていて、この会話になった。1時間前のことは忘れてしまうのが常で、これは極めて珍しい。ツレはデイのことを言うことが多い。ツレの生活のなかでデイが極めて大きい存在なのだと、あらためて思った。私にとってもデイは心のバランス・健康を保つうえで大切な存在である。

もうひとつ、ツレが「私の生活を心配してくれている」こと。ツレが認知症になる前の私は、食事・洗濯等日常生活のほとんどをツレに頼っていた。甘えていた。

ツレはその私を記憶のなかでしっかり保持している。だから「家のことは私が仕切っている」「お父さんの面倒は私がみている」という思いが今も心に根付いている。ツレのこの思いは、今もツレの精神的支柱になっているのだと思う。この思いは大切にしようと思う。

こんなこともあった

私は雨の日以外は40分ほど近所をウォーキングしている。2年ほど前は1時間ほど歩いていたが、このごろは疲れるので短くした。

「ウォーキングしてくるわ」

「道は分かるの？　迷子にならないでね」

私のことを心配してくれている。

ヘアーカット

デイサービスで月2回、理容師が来てくれて、ヘアーカットができるようになったので早速申し込んだ。1回2千円で、デイの利用料と同じく銀行口座から引き落としてくれる。

「お母さん、今日はデイでヘアーカットしてくれるよ」

「ほんと、うれしいわね。誰がしてくれるの？」

「デイへ理容師が来てしてくれるんだって」

「ありがたいわね。いくら？」

「2千円」

「安いわね。現金で払うの？」

「いや、銀行口座から引き落としてくれるって」

料金支払いは何度も何度も聞かれた。几帳面なツレはよほど気になるらしい。


夕方、見違えるような髪型になって帰ってきた。

「お母さん、きれいになったね」

「それほどじゃないわ」

ちょっとテレながらも、まんざらでもない様子である。

日々のエピソード

長時間睡眠

夜、20時過ぎ

「もう寝るわ。明日は何時に起きればいい？」

「7時頃」

「起こしてね」

「起こさなくても毎朝起きているよ」

「そうなの」

「そうだよ」

「でも、起こしてね」

「うん、分かった」

この頃寝るとき、「何時に起きればいい？」「起こしてね」が習慣になってしまった。

今年の冬は良く寝るようになった。夜20時頃に就寝して、朝7時頃、私が起きるのと一緒に起きる。11時間ほど寝る。しかも熟睡している。まるで「子どもがえり」したようによく寝る。

かかりつけ医に「長時間睡眠は何か問題ありますか」と聞いたら、「1年半前の心臓血管バイパス手術の影響かもしれない。次回の大学病院心臓血管外科の診察時に相談してみてください」と言われた。

大学病院心臓血管外科（1月15日）

心臓超音波検査で心臓が快調に動いているのが確認された。私も画像をみせてもらった。長時間睡眠は何も問題ないとのことであった。今回で大学病院心臓血管外科は卒業となった。今後はかかりつけのＳクリニックで、薬の処方を受けることになった。また一つクリアーできた。

夜、小説を読んでいたら、ツレがのぞき込んで

「ずいぶん細かい字を読んでいるのね、読めるん？」
「うん、メガネかけているから読めるよ。この小説３５０ページもあるよ。お母さんは読めないでしょう。読んでも最初の部分を忘れてしまうから」（チョットからかった）
「そんなことは言わないの。一言多いのよ、お父さんは」
確かに一言多かった。

私もよく忘れるようになった。読み始めた本に妙な感じがする時がある。記憶を探ってみると以前一度読んだ本である。それでも結末が思い出せないので最後まで読む。そのうちに「男はつらいよ」のＤＶＤが４～５本あれば、毎日新鮮な気分で見るようになるかもしれない。

私の父は晩年、「水戸黄門」のカセットビデオ４～５本を、毎日まわし見していた。ツレの読書はこの冬場にかなり低下した。ほとんど読んでいない。読書力を取り戻すのは困難かもしれない。

お父さんのおかげです

「お父さんは毎日薬を飲んでいるの？」

「うん、いっぱい飲んでいるよ。狭心症の薬、便秘の薬」

「私は飲んでないの？」

「いっぱい飲んでいるよ。心筋梗塞があったから。朝８錠、夜１錠」

「あー、そうね。お父さんが渡してくれるから。私は忘れてしまうのよ」

「俺は忘れないから大丈夫だよ」

「お願いします。お父さんのおかげです」

前にも聞いたような気がする。おちょくられているのかな？

お父さんはいい人だと言っていたよ

「デイのオーナーが、お父さんはいい人だと言っていたよ」

「へー、そうなの。それでうれしかったの？」

「うん、うれしかった」

「そんないい人と結婚して、お母さんも幸せだね」

「そこまで言うほどのことはないけど。でも、まあ、いい人だけどね」

「どうもありがとう」

やっぱりおちょくられているようだ。

いいんじゃない、タダだから

「5回も10回も同じことを聞かないでよ」

「いいんじゃない、タダだから」

「……　……　……」

タダだからいいっていうものでもない。

参りました－1

サラダを作ろうとしてニンジンをスライスしていたら、右手親指をスライスしてしまった。ツレにバンドエイドで止血を頼んだら

「料理中の怪我は普通左手なのに、どうして右の親指を怪我したの？」

「うん、ニンジンをスライスしていたら」

「気をつけてね。包丁で切るのは左手だからね」

「そうなんだ。包丁で切るのは左手なんだ」

「当たり前じゃない。なに感心しているの」

参りました！

参りました－2

ちょっとムシムシした5月の土曜日の午後ツレがシャワーしようかどうかと何度もくりかえして言っている。

「何度も言ってないで、決めたら」

「お父さんに聞いているんじゃないの、私の独り言だから」

参りました！

参りましたー3

1時間ほど後、日課の腹筋や屈伸体操を30分ほどした後、シャワーして出てきたら
「私、どうしてお父さんより先にシャワーしたのかしら」

「さっき、独り言だから、ほっといてって言ったじゃない」

「そんなこと言ったの。知らなかったわ」

参りました！

杏仁豆腐

ナタデココ入りの杏仁豆腐を手に持って
「お父さん、これ食べていい」

「ああ、いいよ」

「お父さん、一つ食べたでしょう。冷蔵庫に1個しか残ってなかったから」

「えっ、バレた」

「だって何時も二人分買ってくるから」

実は昨夜、ツレが寝た後で一つ食べた。美味しいものはしっかりと覚えている。

テレビ

笑点、のど自慢、鶴瓶の家族に乾杯、ブラタモリ、小さな旅などを一緒に見る。大相撲、マラソン、駅伝、フィギュアスケートなどルールの簡単なスポーツも見る。

「ドラマ」はまったく見ない。ドラマの筋が追えないようだ。「お父さん、何か面白い番組はないの?」と聞かれるが、どうしようもない。

孫が来る!

孫の優斗(高2)が近くの高校でバドミントンの練習試合があるから、試合が終わったら立ち寄ると電話してきた。

「優斗が夕方来るよ」

「あらそう、何を食べさせようか?」

「近所のソバ屋の天丼でいいと言っていたよ」

「そう、それでいいのかなあ…」

キッチンで何かごそごそやっているのでのぞいてみたら、厚焼きタマゴを作っている。リンゴも出してある。しっかりおばあちゃんをやっている。

麻雀＆飲み会

新型コロナ禍で4年ほど中断していた「会」が動き出した。大学のゼミ仲間、高校の東京同級会、会社時代の友人など。小学校の同級会は残念ながら再開しないままになっている。

大学のゼミ仲間との「麻雀＆飲み会」が復活した。私の事情を考慮してもらって、2カ月に1回、皆の都合の良い土曜日を選んで、11時スタートと決まった。第1回は神田で12月16日（土）。息子に頼んで我が家に来てもらうことにした。

前　夜

「明日は東京へ行くよ。代わりに大輔が来てくれるから」

「何しに東京へ行くの？」

「うーん、ちょっと用事できた」

「何の用事？」

「うーん、ちょっと友達と」

「友達と何するの？」（きびしい追及）

「うーん、麻雀」

「えっ、麻雀。麻雀はダメ」

「えっ、麻雀はダメ？」

「うん、麻雀はダメ」

「どうして？」

「身体に悪いから」

「……　……　……」

50年以上連れ添ってきたが、問いただされて「麻雀はダメ」と言われたのはこれが初めてである。この夜は「東京へ何しに行くの？」「麻雀はダメ」の会話を5～6回ほど繰り返された。これがツレの永年の本音だったのかもしれない。

当日朝

「今日は大輔が来てくれるよ」

「大輔は何しに来るの？」

「何しにって…。大輔が来てくれるとうれしいでしょう。俺と居るよりも」

「お父さんより、大輔の方がいいけど。大輔は何しに来るの？」

「久しぶりに来たいらしいよ」

「大輔はどこに住んでいるの？」

「小田原。自分で家を建てて住んでいるよ」

「そうなの。自分で家を建てたの。大輔もやるじゃない」

「うん、孫も二人いるし」

「たいしたものじゃない。仕事は何しているの？」

「うん、会社に勤めているよ」

「どこの会社？」

「〇〇」

「へえー、たいしたものね」

「うん、そうだね」

8時半、大輔が来てくれた。隙をみてこっそり出かけた。

翌日朝

「お父さん、2階で何か物音がするの。誰かいるの？」

「うん、大輔が泊まったから」

「じゃー、大輔が居るの？」

「そう」

そう言ったら、厚焼きタマゴを作りはじめた。大輔の朝食らしい。しっかりと母親をやっている。

息子から一言

「お母さんは昨日1日中、「お父さんはどこへ行ったの？」と繰り返していたよ。ラブラブだね」

ひなたぼっこ

五月晴れのさわやかな朝、縁台に腰をおろして二人でひなたぼっこをした。

「その菊、お父さんが植えたの」

「うん、もう20年もやっているよ、ザル菊って言うんだ」

「そうなの」

「以前は挿し芽をしていたんだけど、面倒くさくなって、去年の株から出た芽の根を短く切り揃えて植え替えることにした。それでもちゃんと咲くんだ」

「そうなの、何色？」

「黄色、しっかり肥料をやって、夏に刈り込んで整形すると、秋には満開になるよ」

「そうなの、楽しみね」

別の日のひなたぼっこ

　ザル菊の鉢植えを見ながら、

「今年は咲きそうにないわね」

「そんなことないよ。11月にはきれいに咲くよ。毎年咲かせているよ。今5月の末だから、5カ月後に咲く」

　なんで突然咲きそうにないと思い込んだのか分からない。

　小型のアジサイが咲いているのを見て
「小さなアジサイね」

「うん、大きくなるアジサイは、この小さい庭を占領されてしまうから、小さなものにしたんだ。覚えてないの」

「覚えてないけど、小さいけど綺麗ね」

公園へ

　朝9時半ころ
「今日は天気がいいからどこか行かない？」
「うん、いいね、どこへ行こうか」

「近所がいいわ」

「じゃー、そこの公園？」

「うん、そこの公園でいいわ」

この公園は我が家から2～3分の近所にある小さな公園。公園でひなたぼっこをしながら
「この頃は子どもたちがいなくなったね」

「そう、近所でも子どもたちの姿をみなくなったわね」

「子どもや孫たちはよくここで遊んでいたね」

「そうね」

このような会話は結構長く続く。「今日は何するの」と聞くツレとは別人である。

白髪染め

「お母さん、髪の毛染めしてあげる」

「お父さん、出来るの？」

「うん、もう3回目だよ」

「そうなの」

ビニール手袋をつけて「白髪染め」で染めながら

「それにしても毛が多いね」

「うん、私は癖毛だからね」

「ちょっと俺にも欲しいね」

「お父さんは本当に少なくなってしまったからね」

「頭の中身は俺の方が詰まっているけどね」

「そういうことは言わないの。お父さんは一言多いの」

確かに一言多かった。以前は自分で染めていたが、この頃は染める時期が来ても自分では気付かなくなった。

暖かくて気持ちのいい朝である。

今日は歯科健診

朝食を食べながら
「今日は何するの？」

「今日は歯科健診」

「ふーん、どこへ行くの？」

「Y歯科、今日は二度目だよ。先週からだから」

「先週行ったの？」

「そう」

「何時に行くの？」

「2時半の予約だから、2時15分出発」

このやりとりを何度か繰り返して
「何時に行くの？」

「2時15分」

歯科健診は覚えたが、今度は時間が気になるらしい。「何時？」「2時15分」を何度か繰り返した。

「何時か聞くのは、あと3回でおしまい」

「そんなこと言わないでよ」

その後二度ほど聞かれたところで2時15分になった。

Y歯科

ツレは差し歯が1本ある。差し歯を外したらかなりの出血が認められた。ツレは差し歯の掃除を忘れていたし、私も気が付かなかった。半年に1回歯科健診を受けているのだから、Y歯科は「差し歯の掃除を忘れないように」と言ってくれるくらいの親切がほしいと思った。私はツレは認知症だと告げ、診察に立ち会っているのだから。

しかし、ツレが認知症になる前に診てもらっていた歯科が遠かったので、半年前にY歯科に変えたばかりだったことを思い出した。私も忘れることが多い。

検査が多くなった

前立腺ガン

去年の11月13日〜15日、2泊3日で前立腺ガンの生検を受けた。ツレはショートステイで預かってもらった。

前立腺ガン生検の結果は「ステージⅠ」(他の臓器へ転移なしの前立腺ガン)だった。

12月から治療が始まった。治療の第1段階は6カ月間のホルモン錠剤と3カ月毎のホルモン注射2回。第2段階は放射線療法(約20回の放射線照射)という方針となった。

K病院泌尿器科(4月17日)

前立腺ガンの腫瘍マーカーであるPSAがホルモン療法を始める前の10・4から0・154へと劇的に下がった。

医師から「当面ホルモン療法を継続しましょう。ホルモン療法ではガンは根治しないけれど、放射線治療はまれに副作用の尿路系障害や消化器系障害があるので、今後の経過をみて決めましょう」ということになった。やれやれ。

IPMN膵嚢胞

昨年12月の前立腺ガンの転移検査で、膵臓に若干の異常所見が見つかり、精密検査が必要になった。

1月17日、日帰りでMRCP検査を受けた。結果、膵臓にIPMN膵嚢胞があることが判明した。さらに精密検査が必要となり、2月27日〜29日（2泊3日）に超音波内視鏡検査を受けることになった。

※IPMN膵嚢胞とは、既にガン化しているか、将来ガン化する可能性のある、膵臓にできる嚢胞。

ツレをもう一度、2泊3日のショートステイに預けることとなった。預け先は去年11月に預けたRに決まった。私の検査より、ツレをショートステイに預けることの方がはるかに苦労する。

ショートステイ

カレンダーの2月27日〜29日に赤楕円丸を付け、R、K病院膵臓ガン検査と書き込んだ。

早速ツレの質問が始まった。

「この、Ｒって何？」

「お母さんがショートステイするところ」

「ショートステイって何？」

「お母さんが２泊３日泊まるところ」

「なんで泊まるの？」

「俺が２泊３日で膵臓ガンの検査を受けるから」

「私は大丈夫よ。家で、一人で大丈夫」

「うーん、去年の11月にＲで２泊３日泊まって、とっても良いところだったと言っていたよ」

「そうなの」

「忘れちゃったの？」

「うん、覚えていない。私は一人で大丈夫」

「…　…　…」

この会話を何日も繰り返した後、去年秋の前立腺ガン生検の時を思い出して
「俺、膵臓ガンで死ぬかもしれない」

「それは大変だわ、私はどうすればいいの」
「Rに泊まって。そうじゃないと俺は心配で入院できないから。入院しないと死んじゃうよ」
「それは大変だわ」
この会話を何度か繰り返した。「命に関わる」、「死ぬかもしれない」と言うと、「それは大変だわ」と受け止めてくれるようになって、ようやくメドがついた。

前　夜

ツレは1日中、Rへ持っていく洗面用具や衣類等をリュックへ入れたり出したりを繰り返していた。前回のことがあるので、ツレが就寝した後、リュックを点検した。まず、お金。お金はしっかり入っていた。自販機用の小銭以外は持って行ってはいけないことになっているので取り出した。下着類はRで洗濯してくれるので1日分となっているが、4日分くらい入っていた。これも取り出した。

当日の朝

Rの車が9時に迎えに来てくれた。「行ってきます」と出かけてくれた。

翌日朝8時

Rから、検査入院中の私の携帯に電話が入った。「今朝8時頃、奥様がリュックを背負って玄関から出たのを見逃してしまいました。これから探します」とのこと。ビックリしたが私自身は身動きできない。とりあえず息子に電話で事態を伝えた。
幸い30分ほどで無事発見された。Rから３００mほどの所でウロウロしているところを近所の女性が不審に思い、ツレに聞いた後、警察に電話してくださったとのこと。やれやれ。

3日目の夕方

夕方、Rの車で無事、元気に帰ってきた。昨日の朝のことは何も覚えていない。

推　定

ツレは自分が我が家でなく「知らない所」に居ること、私の姿も見えないので、探しに出かけたのではないかと思う。

超音波内視鏡検査の結果

私のIPMN膵嚢胞は「ガン化はしておらず、分枝型で膵主管拡張なし」と判定され、半年に一度MRCP検査を受けて、経過を見ることとなった。やれやれ。
膵臓ガンは発見が難しく、自覚症状が出た時は、「ステージⅣ」が多く、生命に関わる事が多いらしい。近年、MRIやCTの発達で早期発見できることが多くなったと聞いた。

私の膵嚢胞は「早期発見でラッキー」らしい。

大腸ガン疑い

2月頃から、週1回程度、便に血がまじるようになった。かかり付け医に話したら「切れ痔だと思うが、大腸ガンの疑いも排除できない」とのこと。大腸内視鏡検査を受けることになった。

4月1日、大学病院で大腸内視鏡検査を受けた。結果は大腸ガンの疑いはなし、切れ痔であることが判明した。やれやれ。

高齢者介護施設の見学

食事の準備や洗濯はなんとか私でできるし、歩行が少々困難になっても車椅子もあるので、それほど心配することはないと思っている。なるべく永く我が家で二人一緒に暮らしたい。

しかし、認知症が進行すると様々な問題が起こるようだ。食事・入浴・排泄等の介助が必要になると、訪問介護を頼んだとしても、私一人では持ちこたえられない時が来るかもしれない。

もう一つは、私ももうすぐ82歳。去年できたことが、今年はできないことが増えてきた。身体の老化は避けて通れない。高齢ゆえ何が起こるかは分からない。事実、去年の秋以来ガンの検査続きである。検査によっては、かなり身体の負担を伴う。幸い大事には至っていないが。

春になって暖かくなってきたので、市内の「高齢者介護施設」の見学を始めた。自分が動けるうちにできるだけ情報を集めておこうという思いである。

高齢者介護施設は市内だけでもたくさんある。我が家から歩いて10〜15分ほどの所に5施設ほどある。ネットで資料請求したら、すぐに送られてきた。電話で日取りを打ち合わせて見学した。

グループホーム（認知症対応型共同生活介護ホーム）

我が家から徒歩10分くらい。9人編成のグループが1階と2階に1グループずつ、計2グループ、18人が入居する小規模グループホーム。6畳よりやや広い個室9室と、6畳の和室がついている食堂兼居間、風呂、トイレ等がワンセットになっている。

ほとんどの入居者が日中は食堂兼居間につどっておられる。おしゃべりしている人、居眠りしている人、車椅子の人もおられた。キッチンで洗い物をしておられる人がいたので聞いてみたら、できる人は自発的に洗い物や洗濯などの手伝いをしてもらっているとのこと。入居者は女性が圧倒的に多かった。

風呂、トイレも問題なし。月2回、内科医、歯科医、精神科医の診察あり。「看取り」もしますとのことであった。家族と一緒の外出可、自宅泊も自由とのこと。

月額利用料14万7千円（家賃、水道光熱費、食費、生活支援サービス費、管理費）＋介護保険自己負担金（2万1千円～3万1千円）。

このグループホームのような集団生活型ホームでは、一人で過ごしたいときは自分の個室で過ごせるし、他の時間は誰かと接して過ごすことになる。なるほどと思うところがあった。

空室がでるのは、基本的には「入居者が亡くなられたとき」とのことであった。

デイサービス併設の介護高齢者ホーム

我が家から徒歩10分くらい。入居定員15名。入居者全員が認知症の小規模高齢者ホーム。デイサービス（朝9時～16時30分）が併設されていて、週4日～5日デイサービスを利用できる。個室は18㎡で、個室内にトイレ・洗面があり、グループホームより広い。

デイサービスの日・時間以外は基本的には個室で過ごすことになる。もちろん食事、おやつ、リクレーション、入浴等のケアはあり心配はないが、一人で過ごす時間はグループホームより多くなる。

月額利用料17万４千円（家賃、水道光熱費、食費、生活支援サービス費、管理費）＋介護保険自己負担金（２万円～３万６千円）。

空室がでるのは、基本的には「入居者が亡くなられたとき」とのことであった。

介護付き高齢者ホーム

我が家から徒歩10～15分程度の所にある３施設を見学した。収容人員は44～64人。小規模施設に比べると食堂・廊下など広々していて、清潔感も高い。入居者は大半が認知症の人であった。

個室は18㎡。個室内にトイレ・洗面あり。入居者６～７人に１人の担当介護士を置き、目が行き届くようにしている所もある。入居者同士が話し友達になることをサポートしていて、食堂で数人でお喋りしておられるところを見せてもらった所もあった。１人で過ごす時間はデイサービス併設型よりも更に多くなる。

代表的な月額利用料は22万７千円（家賃、水道光熱費、食費、生活支援サービス費、管理費）＋介護保険自己負担金（２万２千円～３万５千円）。

特別養護老人ホーム

市内にも何カ所かあるようだが、今回は見学しなかった。公設なので利用料は民間施設よりかなり安いらしい。入居待ちが常態のようで、介護付き高齢者ホームなどに一旦入居して、待機している人も多いと聞いた。

感　想

小規模ホームはアットホーム的雰囲気。大規模ホームはエントランス・食堂・廊下など広く清潔感も高い。一人で過ごす時間のことが気になったのは、ツレはデイでは共同生活、それ以外の時間は私と共同生活であり、一人で過ごす時間がほとんどないので、一人で過ごす場合、どうなるのか想定が困難なためである。大勢の認知症の人が介護付き高齢者ホームで暮らしておられるのだから、心配しなくてもいいのかもしれないが。

二人でできるだけ永く我が家で暮らしたい。住みなれた我が家はやはり暮らし心地がよい。家具一つにも歴史と愛着がある。この半年で二度、2泊3日の検査入院を経験したが、病院よりも我が家の方が遥かに暮らし心地が良いことを実感した。高齢になると環境の変化への対応力が落ちる。特にツレは新しい環境に馴染むのが困難かもしれない。

二人で我が家で暮らすのが困難になってきたら、訪問介護、ショートステイなどの支援を受け（あまり一人で頑張り過ぎないことが基本というアドバイスを受けている）、それでも困難になったとき、「高齢者介護施設」を検討することにしようと思う。また、私に急なアクシデントが起こることもありうる。

第5話

（2024年4月21日～2024年8月31日）

手作り家庭料理にチャレンジ

近くのファミリーマートの駐車場の一角で野菜を売っている。多分近くの農家が店先を借りて直販しているのだと思う。そこでタケノコを見つけた。スーパーで売っているより2～3割安い。手頃なものを2本買ってきた。この頃、果物や野菜の値段を見て、これは安いと判断できるようになった。

ツレに「タケノコの煮付け」を頼んだ。

「お父さんもやってみる？　教えてあげるから」

「いや、俺はいいよ、お母さんやって」

「やってみたら。簡単だから」

「いや、お母さんの味がいい」

ツレは生き生きとしてつくってくれた。美味しかった。

今まで、夕食はすべて「ワタミの宅食」に頼ってきたが、少々飽きてきた。週１～２日（例えば土日）は、ツレに料理を任せた方が良いのではないか、材料は私が用意することになるが、私の脳トレにもなる、と発想がわいてきた。

5月連休

５月連休の後半４日間、「ワタミの宅食」を中止して、二人で手作り家庭料理にチャレンジしてみた。

とりあえず、「日本人に愛され続けてきた和洋中の家庭料理の定番」という本を購入した。購入した理由は、食べたい家庭料理を作るには、どのような食材を用意すれば良いのか、私には分からないからである。

調理はツレに任せる。調理はツレの領分であり、生きがいでもある。時代遅れかもしれないが、戦中生まれの私の世代は「暗黙の領分不可侵条約」があると思っている。

ツレがデイに行っている日に味噌、醤油、みりん、料理用酒、塩胡椒、ゴマ、出汁パック、小麦粉、パン粉など、「定番」で使っている調味料と材料を揃えた。

初日

買い出し

「五目白あえ」と「タコとワケギのぬた」をつくる予定で、材料をメモして、二人で買い出しに出かけた。メニューは私の好きなもの、食べたいもので、近頃食べていないものを選んだ。初日からちょっと難しそうな2品をつくるのは冒険だが、なんとかなるだろうと、やる気満々である。

木綿豆腐、鶏のささ身、キュウリ、ニンジン、生シイタケ、コンニャク、タコ、ワケギなど。豚肉、ナスも買った。スーパーでメモを見ながら、右往左往して必要な食材を手に入れた。これだけの食材を揃えるのは、私には初めての体験である。

調理

調理はツレに任せるつもりだったが、私もなんとなくやってみたくなり、手伝った。「定番」のレシピとツレのやり方はかなり異なる。私が「定番」を見ながら「こう書いてあるよ」と言うと、ツレが「まあそうだけど、そこまでこだわらなくても」と返してくる。

布巾を敷いて木綿豆腐を乗せ、さらに上からも布巾をかけて水を抜く。鶏のささ身は筋をとって半分に開き……　……　……。

あれこれ言いながら、2時間近くかけてなんとか2品が出来上がった。二人で味見してみて、「まあ、いいんじゃない」となった。ままごと気分である。

「俺もやれば出来るかも」

「1回やってみただけで、そう思うの？」

「うん…、ちょっとおこがましいかなあ」

「お父さんは飽きっぽいからね。明日もやってみて」

しばらくして
「豚肉があるから、明日はカレーにする？」

「いや、里芋もあるから豚汁と思っているんだけど」

「じゃー、お肉たっぷりの豚汁にしましょう。お父さん作る？」

「うん、何とかなると思う。『定番』があるから」

「お父さん、やる気がでてきたの？」

「うん、なんとなく…。ものになるかなあ」

「それは何とも言えないわ。1回やってみただけだから」

ツレも乗り気になってきたようだ。私もなんだかやる気が湧いてきた。

気がついたこと

肉はパック入り、野菜も袋入りで売っている。肉は使い切らないと、日もちが難しいのではないか。しかし二人で1回では食べ切れないかもしれない。そうするともったいないので翌日も食べることになる。こんなことを考えるのは初めてである。

それでも野菜や豆腐などがかなり冷蔵庫に残っている。これをムダなく使い切るにはかなりの知恵が必要だと思った。主婦の知恵の一端が分かったような気分になった。

夕食

「お父さん、ご飯にしましょう」の声で食卓についた。

「五目白あえ」は食卓にあるが、「タコとワケギのぬた」が見当たらない。冷蔵庫にもない。

「お母さん、タコとワケギのぬたどうしたの？」

「タコとワケギのぬたって何？」

「さっき二人で作ったじゃない」

「私、知らないわよ」

「…………」

探してみたら、流しの三角コーナーの中に捨てられているのを発見した。ガックリ。

「おかあさん…。捨ててしまったんだね」（かなり悲痛な声）

「ああ、それ。それもう古いものだから」

「古くないよ。さっき二人で作ったばかりじゃん」（悲痛な声）

「そうなの？」

「そうだよ…。捨てちゃダメだよ」

「…　…　…」

ちょっと間をおいて
「ごめんね、すっかり古いものだと思って…」

「…　…　…」（茫然自失）

「ごめんね、明日、私が作り直すから」

「…　…　…」

しょうがないとはいえ、かなりガックリきた。まぼろしと消えた初めての手料理「タコとワケギのぬた」が目に浮かぶ。

「五目白あえ」はまあまあの味だった。やれやれ。

２日目

朝食で、昨日作った「五目白あえ」の残りを完食した。

朝食を食べながら

「今日は何するの？」

「今日は「ワタミ」はないから、「豚汁」と「焼きナス」を作ろうよ」

「材料はあるの？」

「うん、豚肉は昨日買ってきたし、ナスも買った。他の野菜は冷蔵庫にある」

「じゃー、そうしましょう」

「うん、「焼きナス」はまだ早いけど、お母さんの「味噌」が絶品だから食べたい」

「それほどのものじゃないけど」

「いや、俺には絶品だよ。もう長い間、食べてないし」

「じゃー、それにするわ」

「昨日のタコとワケギのように捨てないでね」

「うん、分かっている」（分かっているかどうかあやしい。用心するにこしたことはない）

日にち時計を見ながら
「今日は土曜日なのね」

「そう、4連休の2日目。恐怖だね」

「何が恐怖なの」

「えへへー」

「今日は何するの？」

「さっき言ったじゃない」

「何するの？」

「だから、豚汁と焼きナス」

今日は調理をツレに任せた。生き生きとして作ってくれた。「今日は豚汁だからそれで十分よ。焼きナスは明日にしましょう」というツレの意見に従った。

３日目

今日の夕食は「焼きナス」。

我が家の「焼きナス」はナスを厚さ１㎝ほどにスライスしてフライパンで焼き、「焼きナス用味噌」で食べる。

17時頃

ツレが調理を始めた。まず「焼きナス用味噌」づくり。「覚えているかしら」と独り言を言いながら、「味噌がミソなのよ」とめずらしくダジャレがでた。味噌にタマネギのすりおろし、すりゴマ、砂糖などを加えて「焼きナス用味噌」を作った。

「お父さん、味見して」

「うん……、ちょっと砂糖足して」

「これでどう」

「うん、いい味でてる」

次は「焼きナス」。ナスを縦に3枚にスライスし、水に浸けている。

「どうして水に浸けるの？」

「これ、30分くらい水に浸けてアク出しするの」

「へー、アク出しするんだ」

「そう。お母さんに教えてもらったの」

「俺のおふくろ？」

「そう、尾山の母さん」
※尾山は私の故郷、滋賀県・湖北の田舎集落
「へえー、じゃー、この「焼きナス用味噌」はおふくろの味なの？」

「そう、お母さんの味」

「それは知らなかった。へえー、おふくろの味なんだ」

「そうよ」

「俺、ナスを見ると、何故だか焼きナスを食べたくなるんだ。どうしてなのか分からな

かったけど、おふくろの味だったからかもしれない。うーん、なんとなくそんな気がしてきた」

「そう、お母さんの味。本当は長ナスより丸ナスがいいの」

「そうだよね。丸ナスを輪切りにして焼くんだ」

「そう。丸ナスは夏にならないと店にでてこないの」

30分ほどアク出しして、フライパンに薄く油をしいて、少し焦げ目が付くほどナスを焼いて出来上がり。

ちょっと思いついて、味噌汁をリクエストした。具は油揚げと豆腐。手際よく作ってくれた。

ノリノリである。「今日は何するの？」と聞くツレとは別人である。

夕　食

おふくろの味を腹一杯食べた。満足！

４日目

今日の夕食は「かき揚げ天ぷら」
ツレに「お父さん、自分でやってみたら、見ていてあげるから」とおだてられ、その気になった。

「定番」のレシピに従って下ごしらえ。(A)冷凍小エビを解凍し背わたを取り、タマネギ、ミツバを切って少量の小麦粉でさっくり混ぜる。(B)ボウルの溶き卵と小麦粉に水を加えてよく混ぜる。(A)を(B)に加えてさっくり混ぜる。

「揚げ油の温度は160度〜180度と書いてあるね」

「そう、ちょっとコロモを垂らしてみて、ジュウジュウと浮き上がってくればいいのよ」

「うん、この鍋、温度計が付いているよ。今150度」

「ああ、そういう便利なものがあるの」

「うん、大輔が一昨年、我が家に半年ほど居候していたときに買ったらしい」

「お父さん、鍋の上に顔を出したら危ない。油が跳ねるかもしれないから」

「うん、わかった」

ややや団子状で、『定番』の写真ほど形も色合いも美味しそうではないが、とにかく「かき揚げ天ぷら」ができた。ツレが作ってくれた「天つゆ」で試食した。ツレの評価は「まあまあじゃない」。

生まれて初めて「天ぷら」を揚げた。感激というほどではないが、満足感はあった。

「お父さん、ＩＨの電源抜いといて、危ないから」

「一人では料理しないでね。私がいるときにして。危ないから」

安全指導も受けた。

連休４日間の「手作り家庭料理へのチャレンジ」が充実感と共に終了した。大成功であった。

なんとなく出来るのではないかと思ってチャレンジしたが、これほどの展開になるとは思いもよらなかった。

「お母さん、料理の腕すごいね」（やや、誉め殺し）

「それほどじゃないけど、食べることは生きていくのに一番大事な事だから」（得意げ）

以前、私が手料理する姿など想像もできなかったが、やってみたらそれなりになんとかなったような気がする。気分は上々である。

調子に乗り過ぎかもしれないが、とりあえずワタミは週５日（月〜金）に縮小し、土日は二人で手作りすることにした。さらにデイのない日（火・木）にも拡大してみようと思うに至った。

連休後初めての土日

土曜日

今日の夕食は「エビフライ」にした。食材をメモして二人で買い出しに行った。

「エビは冷凍ものだね」

「そう、生は手に入らないの」

「つけ合わせは、ニンジンとキャベツ」

「うん、それとパン粉を忘れないで」

12時頃

ツレが玄関の「ワタミの宅配ボックス」の中を確認して

「今日はワタミが来てないね」

「うん、今日はワタミはなし。今日はエビフライの材料を買ってきたじゃない」

「それ、忘れていたわ」

「ほんとによく忘れるね」

「そうなのよ、よく忘れるの」

実におおらかに忘れる。感心するほどおおらかである。このおおらかさはどこからくるのか。いずれにしても「このおおらかさ」は良いことだと思う。悩んでもしようがないので。

日曜日

昨日、昼食に焼きそばを作るつもりで豚肉を買っておいたが、肝心の「そば」を買い忘れた。

ツレに「どうしようか?」と聞いたら、野菜が冷蔵庫にたくさんあるから、「肉野菜炒め」や「肉じゃが」や「カレー」など何でもできるという。なるほどと感心した。駆け出しの私にはその知恵はない。昼食はパルシステムの冷凍エビ天丼ですませて、夕食は私の好きな「肉野菜炒め」にすることにした。

17時頃

「お父さん、やってみる?」

「うん、やってみる」

材料を揃えて

「野菜はしっかり水を切って」

「うん」

「フライパンは熱くして」

「うん、ジュウジュウいわせるんだね」

「そう、ＩＨだから火力が弱いの。サラダ油をしいて」

豚肉を軽く炒め、各種野菜を加えてさらに炒め
「そろそろ塩コショウして」
「そろそろソース」
あまりジュウジュウとはいかなかったが、ツレの指導で肉野菜炒めが出来た。

次の土日

土曜日は久しぶりにカレーにした。材料の買い出しにも慣れ、手際もよくなってきた。残ったカレーは日曜日の昼食で食べた。
日曜日の夕食は、連休初日にまぼろしと消えた「タコとワケギのぬた」に再チャレンジした。今回は捨てられないように用心した。

孫が来る！

５月末の金曜日の夜、孫の優斗から電話があり、明日、我が家に来ると言ってきた。

翌　朝

「今日、優斗が来るって」
「優斗はどこに住んでいるの？」

「小田原」

「何時に来るの？」

「家を出るとき電話するって。多分昼過ぎだと思うよ」

「何しに来るの？」

「俺が先日、庭の椿や榊の葉刈に来てほしいって頼んだ」

「あの子はいい子だわね」

「うん、そうだね。お小遣いが目当てだよ」

「優斗は何年生？」

「高3、受験生」

「何処を受けるの？」

「○○って言っていたよ」

「ふーん、何処にあるの？」

「東京」

「食事はどうするの？」

「ステーキでいいかと聞いたら、いいと言っていた。後で買い出しに行こうよ」

ツレが認知症になって以来、息子や孫が来ると外食にしていたが、今日は思い切って手作り家庭料理にチャレンジすることにした。上等のステーキ肉を奮発し、ステーキ用ソースも買った。

昼過ぎ

「優斗は何時にくるの？」

「まだ電話が来ない。そのうちに来ると思う」

「食事はどうするの？」

「ステーキ、さっき買ってきたじゃない」

その後ツレは、「食事はどうするの？」「何処に住んでいるの？」「何年生？」「何処を受けるの？」「優斗はこの家が分かるの？」「来たことがあるの？」など何度も繰り返した。

息子（大輔）から電話が来た。

「今日、優斗が行くよ」

「うん、朝から待っている。何時頃来るの？」

「本人次第だから、分からない。そのうちに行くと思う」

「分かった」

「優斗にお小遣いあげるのなら、和斗（小6）にもあげて」

「なんで」

「兄弟だからうるさいの。平等にしないと」

「うん、まあー。それはそうだね」

「それから、優斗が椅子が欲しいと言っていたよ」

「椅子が欲しいってどういうこと。大輔がじいちゃんに買ってもらえって言ったの」

「優斗がそう言ってた」

「大輔が優斗にそう言わせたんでしょう」

「そんなことないよ。椅子のお金はお小遣いとは別にして、俺に渡せって言っといて。そうしないと優斗に猫ばばされるから」

「…………」

結局、息子と孫にむしられている。しっかりと足元を見抜かれている。

じじ馬鹿丸出しだけれど、まあ、いいか！

14時過ぎ

ひょっこり優斗が現れた。早速、身長を測ってみた。正月から１・５㎝も伸びている。今が伸び盛りである。キッチンと居間の境の柱は優斗と和斗の身長の線と日付で埋まっている。その線が上へ上へと上がっていく。

椿と榊の葉刈りは手早く済ませてくれた。

くことにした。
「昼飯は食べたの?」と聞いたら、食べていないと言う。夕食まで待たずにステーキを焼

今日は私が調理を買って出た。『定番』を見ながら、まず「つけ合わせ」を作る。ジャガイモ、ニンジンをさっと煮て、フライパンでタマネギと一緒に炒め、塩胡椒する。

ステーキは塩胡椒をして馴染ませ、バターで焼く。表をしっかり焼いて裏返し。ミディアムに焼きたいのだけれど、どこで火を止めたらいいのか分からない。ツレと「まだ」「もういいかも」と言いながら、適当そうなところで火を止めた。

肉の端を切って味見してみた。切り口の真ん中あたりがチョット赤い。奇跡的にちょうどいい具合に焼けている。

料理をしている間に、ソファーで寝込んでしまった優斗を起こして……。

固唾を飲んで見守っていたら、「美味しい。いけるね。じいちゃんが焼いたの」と来た。ほっと一安心。その後から、ジワジワと歓びがわき出してきた。そうか、料理が好きな人は、こういう歓びがあるのではないかと分かったような気分になった。

ツレは「肉が良かったのよ」と憎たらしいことを言っている。

今日はすばらしい1日だった。

自分で献立を考えるのはまだまだである。『定番』を見ながら、冷蔵庫に残っている食材を確認し、あれこれ思案して決めている。買い込んだ野菜や食材を無駄にしないようにと思うが難しい。

スーパーの特売を見ても、その特売の食材でなにをつくればいいのか、イメージが湧かない。

でも、なんとか続けていこうと思えるようになった。この姿を見たら、亡くなったおふくろはびっくり仰天するだろう。久しぶりにおふくろの顔を思いだした。

2年近く前、ツレが緊急入院したときから「ワタミの宅食」を始めた。ツレの退院後もリハビリが必要だったので「ワタミの宅食」を続けた。いつの間にか「ワタミの宅食」が当たり前になってしまっていた。

「タケノコの煮付け」がきっかけで目が覚めた。いやそれまでにも、カレーやポテトサラダなどでなんとなく気が付いていた。しかし、「ツレが献立を考えるのは無理」で思考がストップし、「献立は私が考える」という発想がなかった。

今回、試してみたらなんとか出来た。ツレは活躍できる場所とやりがいを見つけて生き生きしている。

なるべく思い込み（固定観念）に捕らわれないように心がけてきたつもりだが、いつの間にか沈没していた。ツレの生きがい、能力をディスっていた。ごめんなさいお母さん。

7月末〜8月

今年の夏は大変な猛暑となった。二人で厳しい夏場を乗り切れるのか、心細い日が続いている。暑さでスーパーへ買い出しに行く足が鈍る。たくさん汗をかく。パルシステムに頼ることが多くなった。

手作り家庭料理のその後

「5月連休後半から1カ月ほどの時期」は手作り家庭料理の初期高揚期だったようだ。その後、少し落ち着いてきた。「五目しらあえ」や「タコとワケギのぬた」のように、長らく食べていなかったものへの渇望（？）が満たされて、私自身も落ち着いた。土日の手作り家庭料理はしっかりとは続けているが、デイのない日（火・木）までは拡張できていない。

「ワタミの宅食」は6月はじめで断った。ネットで調べたら市内に宅配業者が二つあり、それぞれ試食してみて、「宅配クック」に決め、月〜金の週5日配達してもらっている。

今のところ「ワタミ」に比べ味は新鮮である。

土日の手作り家庭料理は「肉ジャガ」「鯖の味噌煮」「ビーフシチュー」「チャーハン」など、「定番」を見ながら作っている。「楽しい」という境地には至らないが、苦になることもない。以前には想像もしなかったことだが、私の生活の一部になりつつあるような気がする。

「キンピラゴボウ」にチャレンジしたが私の腕では細く切れなくてダメだった。スーパーで「キンピラゴボウ」を見つけて買ってきたら美味しかった。これをきっかけに「ポテトサラダ」「野菜天ぷら」「コロッケ」など、「スーパーの惣菜」のレパートリーが増え、食卓が豊かになった。

ツレの変化

冷蔵庫に豆腐や油揚げがあれば、リクエストしなくても味噌汁を作ってくれるなど、料理に自主性がでてきた。これは特筆するほど素晴らしいことだと思う。

冷蔵庫の卵を全て使って「厚焼きタマゴ」を作ったので、「どうしたの?」と聞いたら

「賞味期限が切れそうだから」と返ってきた。しかし賞味期限はまだ1週間も残っていた。

つくったものを捨ててしまう

家庭料理のレシピ本は、その後買い足して5冊になった。買い過ぎで「レシピ本の消化不良」に陥っている。駆け出しの私にとって、土日の夕食を1日ごとに別メニューを考え、食材を用意するのはちょっと荷が重い。そのためカレーやシチューなど2日間食べられるものが多くなっている。

7月下旬、土曜日に2日分のビーフシチューをつくった。

日曜日の朝

「お父さん、今日は弁当来るの?」

「今日は日曜日だから弁当は来ないよ。今日の夕飯は、昨日つくったシチュー」

「じゃー、シチューを一度温めておこうか」

「うん」

ちょっと間があって

「お父さん、シチューがない」

「そんなことはないよ、昨日つくって、鍋に残しておいたよ」

鍋を探してみたら、きれいに洗って収納棚にある。

「お母さん、シチュー捨てちゃったんじゃない？」

「そんなことしないわよ」

キッチンの外にあるゴミ置き場に、ビニール袋に入ったシチューを見つけた。

「お母さん、やっぱり捨てちゃったんだ」

「そんなことしないわよ」

「でも、このビニール袋」

「私が捨てたの？」

「そう」

……

「私自分が何をしたのか覚えてないの」

「そうだね、忘れてしまうことが多いね」

「ごめんね」

シチューを捨ててしまったのは二度目である。

「なんで捨てたの？」と聞いてみたら、「なんで捨てたのかしら？」と返ってきた。

私にスキがあった（としか言いようがない）。「つくり置きのもの」は「ツレの手が届かない高い所に上げておく」ことを徹底するようにした。

余分に用意する

同じ7月下旬、土曜日の14時頃、「タケノコの炊き込みご飯」「千切り大根とさつま揚げの煮物」を二人でつくった。

16時頃、キッチンに冷凍の「サバの味噌煮」が出してあるのを見つけた。すでに解凍されている。

「今日と明日の夕食は、「炊き込みご飯」と「大根の千切り」だよ。どうしたの?」

「ごめんなさい。それをすっかり忘れていたわ」

17時頃、冷凍の「シュウマイ」が解凍され、レンジで温め終わっているのを見つけた。夕食を早くつくってしまって（この日はパリ・オリンピックの男子バレー戦のテレビが15時からあったので、それを観たいため早くつくった）、夕食までに空き時間があると、つくったことを忘れて、何かつくらなければと思い込むらしい。

冷凍庫には、非常食にもなるようにと、冷凍うどん・餃子・エビのかき揚げ・イカフライ・ちくわの磯辺揚げ・チャウダーなど、冷凍食品をたくさん入れている。用心のために、アマゾンで冷蔵庫用のダイアル式ベビーロックを購入した。

週末の土日の宅食をやめて、「手作り家庭料理」をはじめてほぼ３カ月、二人で「手作り家庭料理」に積極的に取り組んできた。「つくったものを捨ててしまう」、「余分に用意する」ことは、「手作り家庭料理」に積極的に取り組んできたが故の、「負の波紋」である。「手作り家庭料理」が二人にもたらした大きな変化に比べ、この「負の波紋」は具体的対策を講じることで、十分対応できる。

宅配クック

ツレは「宅配クック」を「美味しいね」と言って食べている。たいていのものを「美味しいね」と言って食べる。認知症の人は「怒りっぽくなったり、うつ状態になったりする」という話を聞くが、ツレにはそういうことが全くない。「天使」のようなところがある。

薬の混乱

「おなかが痛いから正露丸を飲むわ」

「ダメ、さっき飲んだばかりじゃない。飲みすぎはダメ、飲んだのを忘れたの？」

「じゃー、やめとくわ」

「喉が痛いので正露丸飲むわ」
「正露丸はダメ。どんな痛み？」（びっくりして、かなりキツイ声）
「風邪引いた時のように喉が痛いの」
在庫の家庭薬を調べて、ルル（風邪薬）を飲ませた。

先日、「首筋の周りがかゆい」といって「ボルダレン」（関節痛、筋肉痛の塗り薬）を塗ろうとしているのを見つけた。慌てて「ムヒ」（かゆみ止め）を渡した。

認知症は徐々に進んでいるらしい。

デイ

「暑いから、明日はデイへは行かないわ」

「うんその方がいいよ」
翌日の朝、ツレは何事もなかったかのようにデイへ行く準備をしている。
以前は「デイへは行かないわ」と言われると、「ギョギョ!」「ギョギョギョギョ!」とした
が、今は余裕で受け流している。
「デイへは行きたくないの?」と聞くと
「行きたいわけではないけれど、行きたくないわけでもないの。友達もいるから」と返っ
てくる。

お父さん、いつ帰るの?

「帰るって、何処へ?」
「私たちのおうち」
「ここが俺たちのおうちだよ」(笑いながら)
「あー、そうね、ここがおうちね」(笑いながら)
このごろは途中で笑ってしまう。それにつられてツレも笑う。
しかし、これは「50年以上住んでいる我が家に関する見当識の問題」である。ちょっと
ヤバイ感じがする。

ナスのぬか漬け

「おふくろの味」でもある「ナスのぬか漬け」は、私の夏の大好物である。ツレと結婚以来、何度も「ナスのぬか漬け」に挑戦したが、一度も成功したことがなく、もう50年以上美味しいナスのぬか漬けを食べていない。そのナスのぬか漬けに今年の夏は何とか成功した！

今年の酷暑を乗り切れたのは、「ナスのぬか漬け」の貢献が大きかったと思えるほど、私にとっては特筆すべき快挙であった。

成功した秘訣は

- 永年の友人から、「ナスを切って漬ければ、既製品の発酵ぬか漬け床で大丈夫」、と教えてもらって試してみたら、それらしい「ナスのぬか漬け」ができた。
- その要点は「ナスを切って漬けること」らしいと思い、ナスを4つ切り、8つ切りで試してみたら、8つ切りの方がより「ナスのぬか漬け」らしく漬かることが分かった。
- 失敗ばかりしていた頃は、「ナスを切って漬ける」という発想がなく、ナスに2／3程の切り込みを1カ所入れるだけで漬けていた。

今振り返ってみると、おふくろのぬか床は大きな木の桶で、1年中何かを漬けていたので、十分発酵していて、ナスは２／３程の切り込みを入れるだけで美味しく漬かったのだと思う。子どもも心におふくろが２／３程の切り込みを入れていた姿が焼き付いていて、「そうするものだ」という思い込みになり、「４つ切り、８つ切り」という発想が全くなかった。

・ツレは「ナスのぬか漬け」に私ほどの思い入れがなく、私だけの思い入れでほとんど一人で試し、失敗を繰り返してきた。

成功したと言っても、その味は子どもの頃の「おふくろの味」には遠く及ばない。「ぬか漬け」の奥は深い。かき混ぜ方、ぬか漬けの容器、置き場所などもっともっと工夫と経験が必要だと思う。「ぬか漬け」は私の「やりがいのある課題」の一つになった。

ぬか漬けが上手になったね！

ツレはナスのぬか漬けを「お父さん、美味しいね。上手になったね」と何度も誉めてくれた。

以前からツレは、「まあまあね」、「これが続くと良いのだけどね」止まりで、素直に誉めることが苦手（下手）だった。それがこの夏は何度も素直に誉めてくれる。

「お母さん、誉めるのが上手になったね」と言うと「そんなことはないよ」と言っているが、まんざらでもなさそうだ。私は大きな変化だと思っている。

次の文章は、25年前、私とツレが57歳の時、二人の「会話」を書き起こし、「会話分析」したものである。

もう、やめときなさいよ

私　：57歳
妻　：57歳
場所：自宅の居間　休日の朝9時頃
場面：冬の休日の早朝、私が趣味のラジコン飛行機を近くの田圃で2時間ほど飛ばして、帰ってきた。車から機体を下ろしてかたづけ、キッチンでコーヒーを飲みながら。

会話ー1

私「今朝はダメだったよ。風がちょっと強くって、それにエンジンがトラブッて、一機

　壊しちゃった。あ～あ」
妻「だから、もう、やめときなさいよ。いい歳してラジコンなんか」
私「…　…　…」

会話－2

　別の休日の朝
私「今朝ねえ、飛ばしていたら俺と同じ歳位のおじさんが犬つれてそばで見ていて、「あんた子どももいないんかね」って言うから、ムカッとして、「子どもは2人いる。孫もいる」ってムキになって言っちゃったよ」
妻「だから、もう、やめときなさいよ。いい歳して」

会話－3

　また別の休日の朝
私「今日は良く飛んだよ！　快晴だったし、快調！　気分最高！」
妻「じゃ、もう、やめといたら。良く飛んだところで」
私「…　…　…。じゃー、お母さんも気に入った絵が描けたら、そこでやめるの？」
　（妻の趣味は油絵）
妻「絵とラジコンじゃ比べものにならないわよ」

私「……………」

私の考え

「そう、残念だったわね」とか「良かったね」という返事を期待しているのだけれど…。「もうやめときなさいよ」で会話が切れてしまう。こんな会話はやめとけばいいのに、なんとなく話しかけてしまう。もう何年もこんな会話をしている。話しかけない方がいいと思うのだが、話しかけて会話が切れることが続いている。黙っているのも間が悪いし、かまってもらいたいのだと思う。

考　察

私も妻も自分の趣味をやめる気など毛頭ない。軽い心理的ゲームだということは私には分かっているのだけれど、やめられない。誰かが心理的ゲームのことを「やめられない！止まらない！　カッパえびせん」と言ったが、至言である。生活の一部にしみこんでしまったパターンである。私にとって暇つぶしの一つでもある。

どの場面でも私の方から仕掛けている。妻からもっとポジティブな反応があるのを期待して。しかし、期待はいつも実らない。実らないと分かっていながら、止められないできた。長年の間に形成された対人関係（交流パターン）を変えるのは大きなエネルギーがいる。もっと気分のいい会話をしたいと思うが、なかなかそうならない。

二人の気持が通い合うようになった！

第1話の時から、ツレとの会話が切れないで、続くことが多くなったと気が付いていたが、「ナスのぬか漬け」のように、素直に誉められることはあまりなかった。「ぬか漬け」を誉められたとき、うれしかったし、ツレの大きな変化を感じた。

この変化は、25年前の「もうやめときなさいよ」時代から、いやそれ以前から、そうしてそれ以後も続いてきた、二人の関係を根本的に変えるものであると思う。二人の気持ちが通い合うようになったということである。二人の気持ちが通い合うようになったのは、この2年間、右往左往しながら二人で築いてきた生活がもたらした変化だと思う。そう思いたい。

しかし、認知症が進行すれば、それも儚いものになるかもしれない。そうであっても、この記録は、「私立ち二人の新たな恋の物語」である。

この記録はここで一区切りとさせていただきます。私たち二人の生活はこの先も続きます。どのようなことが待ち受けているのかは分かりません。二人で右往左往しながら、今後も二人の生活を記録し続けようと思っています。まとまれば2冊目を目指したいと願っています。

著者プロフィール

門池 紘一郎（かどいけ こういちろう）

1942 年　滋賀県長浜市に生まれる
1965 年　京都大学経済学部卒
1965 年　民間会社へ入社
総務・人事部門を経て、54 歳～メンタルヘルス・ケースワーカー
1987 年から 8 年間、愛知学院大学心理学科深山富男教授のワークショップで「関わり分析」・「会話分析」（人と人の関わり・関係を「会話」を手がかりに分析を試みる心理学）を学ぶ
1997 年　全日本カウンセリング協議会認定カウンセラー
趣味はラジコン飛行機、菊づくり、囲碁

ツレが子どもにかえる日々　認知症の妻とのあらたな恋の物語

2025年 1 月15日　初版第 1 刷発行

著　者　門池 紘一郎
発行者　瓜谷 綱延
発行所　株式会社文芸社
〒160-0022　東京都新宿区新宿1－10－1
電話　03-5369-3060（代表）
03-5369-2299（販売）

印刷所　株式会社フクイン

ISBN978-4-286-25986-4